LA MENTE DIVIDIDA
Kalton Harold Bruhl

PREMIO ÚNICO

III CERTAMEN LITERARIO PERMANENTE
CENTROAMERICANO DE NOVELA CORTA

2011

Kalton Harold Bruhl (Honduras, 1976) ha publicado los libros de relatos *El último vagón* (2013), *Un nombre para el olvido* (2014), *La dama en el café y otros misterios* (2014), *Donde le dije adiós* (2014), *Sin vuelta atrás* (2015), *La intimidad de los Recuerdos* (2017), *El visitante y otros cuentos de terror* (2018), *La llamada* (2019); *Territorio de relatos* (2020). Es premio Nacional de Literatura "Ramón Rosa" y miembro de número de la Academia Hondureña de la Lengua, Correspondiente de la Real Academia de la Lengua.

LA MENTE DIVIDIDA

Kalton Harold Bruhl

www.casasolaeditores.com

LA MENTE DIVIDIDA

PREMIO ÚNICO III CERTAMEN LITERARIO
PERMANENTE CENTROAMERICANO DE NOVELA
CORTA 2011

© Kalton Harold Bruhl

© Primera edición: Ediciones Irreverentes Madrid, 2014

© Segunda edición, JK Editores, Tegucigalpa, 2018

© Tercera edición, Casasola Editores, Estados Unidos 2021

Diseño y diagramación de Óscar Estrada

Diseño de portada de Knny Reyes

ISBN: 9781942369516

Casasola Editores ©

215 East Hill Rd. Brimfield MA. 01010

Correo electrónico: kaltonbruhl@yahoo.com

PRÓLOGO

Al acercarse a la lectura de esta novela, hay que hacerlo con una cautela psicológica programada y una visión de lector literario altamente perceptivo. El solo nombre nos despierta inquietudes porque nos sitúa entre la intención expresiva del autor y la verdad unitaria y continua del proceso del funcionamiento de la mente. Además, su extensión nos sumerge en ese campo de discusión aún no clarificado, en el cual nos exige definir si estamos en presencia de un cuento largo o una novela corta, aunque ambos tienen definidas sus fronteras, pero todavía jurídicamente no ratificadas.

Me atrevo a reafirmar que está delicadamente escrita. Con esa delicadeza que necesita el escritor actual. Con un contenido básicamente real dentro de la expresión novelística y con un acercamiento espectacular al proceso que genuinamente sigue este tipo de alteración mental. La dualidad es la esencia del contenido y la lucha entre los principios éticos y el sometimiento inducido son su fuerza personalmente interior. Esto lo sitúa el autor al principio al dejar sentado el convencimiento de la enfermedad por el personaje principal, con conocimiento suficiente para opinar sobre el malestar en gestación de su enfermedad. Se representa, así, la clásica lucha entre el bien y el mal; y al final, la máxima bíblica que dice «con la vara que mides serás medido».

Indudablemente, esta novela llena una exigencia actual de la narrativa y es que las circunstancias deben sobrevolar al personaje y crear la necesidad de entrar al mundo de la imaginación y de la participación en la construcción adyacente de la novela. Es decir, el lector se siente aprisionado, por lo que se ve en la obligación de participar para concluir las escenas y crear así los conceptos amplificados. Entonces se produce el efecto de estar fuera de los hechos narrados, anulando el morbo repugnante, y sintiéndose que está fuera de ese tiempo. Si a eso le agregamos la condensación del estilo narrativo, sin adornos innecesarios, la sensación de límite y de precipitación por llegar al final, nos damos cuenta de que nos sumerge en una corriente de interés personal, y esa tensión participativa nos hace que no dejemos de leerla. Entonces, el objetivo del escritor está realizado.

La novela, reitero, tiene la alta cualidad de irradiar magnetismo psicológico y, en consecuencia, aprisionar al lector desde el principio al final.

SAMUEL VILLEDA ARITA

Premio Nacional de Literatura 2010

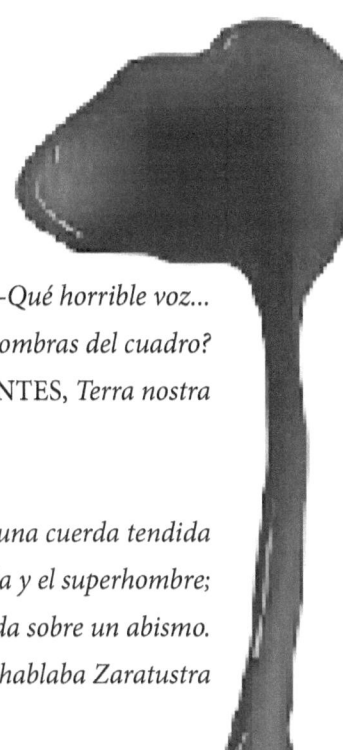

–Qué horrible voz...
¿quién habla desde las sombras del cuadro?
CARLOS FUENTES, *Terra nostra*

El hombre es una cuerda tendida
entre la bestia y el superhombre;
una cuerda sobre un abismo.
FRIEDRICH NIETZSCHE, *Así hablaba Zaratustra*

CAPÍTULO 1

La sangre, que resbalaba por la hoja de metal, se acumulaba en la punta del cuchillo y caía al suelo, donde ya había formado un charco pequeño y viscoso.

Jeff Livingston estaba de pie, con los brazos colgándole inertes y el rostro convertido en una máscara fría e inexpresiva. La presión que su mano derecha ejercía sobre el mango del cuchillo, comenzó a disminuir y este cayó ruidosamente.

Jeff sacudió la cabeza y parpadeó varias veces. Miró a su alrededor y, extrañado, frunció el ceño, sin lograr reconocer el lugar en donde se encontraba.

Era una pequeña sala de estar con muebles sencillos, pero elegantes. Un sofá y un sillón, con los cojines pulcramente alineados, ocupaban el centro de la habitación. Una pequeña lámpara de cristal y el trémulo resplandor de unas velas aromáticas proporcionaban toda la iluminación. Las paredes estaban cubiertas por varios retratos pintados en un estilo que en la penumbra no logró reconocer. Uno de ellos, el que se encontraba frente a él, flanqueado por las velas, le llamó poderosamente la atención.

Avanzó con cautela y, a medida que se iba acercando, fue dándose cuenta de que no se trataba de un cuadro.

Observó extrañado su reflejo. Las sombras se proyectaban sobre su rostro desde ángulos imposibles. Entrecerró los ojos y adelantó la cabeza. No eran sombras, reconoció alarmado. Se pasó las puntas de los dedos por las mejillas y se las llevó hasta la nariz, donde percibió el aroma dulzón de la sangre. Retrocedió asustado, viendo incrédulo las manchas en los guantes de goma que cubrían sus manos.

«¿Qué demonios ocurre?», se preguntó, sintiendo que todo empezaba a girar.

Se aferró con desesperación al respaldo de un sillón, temiendo que las piernas pudieran fallarle. Necesitaba ordenar sus pensamientos y recordar qué era lo que había sucedido. Se dirigió hacia donde creyó que se encontraba el dormitorio. Se detuvo en el umbral y tanteó la pared, buscando el interruptor. Tuvo que asirse del marco cuando encendió las luces, y vislumbró lo que se encontraba sobre la cama. Se cubrió la boca con el dorso de la mano y apenas contuvo el vómito que le dejó un gusto ácido en el paladar.

Reprimió el impulso de salir corriendo y se acercó hasta la cama. Meneó tristemente la cabeza al ver el desastre que había causado. Aunque no pudiera recordarlo, estaba casi convencido de que él era el culpable. No se trataba de una trampa, ni nadie estaba intentando incriminarlo. Algo le decía que lo que tenía frente a él era obra suya.

Fue una desgracia que las sábanas hubieran sido blancas. Eso resaltaba aún más la sangre y los trozos de carne que el cuchillo había cortado. El rostro de la mujer estaba completamente desfigurado. La piel le colgaba libremente en donde habían estado sus mejillas, dejando al descubierto los huesos y parte de sus dientes.

Y entonces, mientras Jeff caía de rodillas y se cubría la cabeza con las manos, comenzó a gritar. Gritó hasta que el sonido de su propia voz le hizo abrir los ojos y se encontró de pronto en su cama, con la respiración agitada y el rostro cubierto de sudor.

Cuando empezó a calmarse dejó caer la cabeza sobre la almohada y sonrió con tristeza.

Tenía la certeza de que haber despertado no le proporcionaría ningún alivio porque muchas de las terribles imágenes que lo acechaban al dormir no provenían de sus pesadillas, sino de sus recuerdos.

12

CAPÍTULO 2

Todo había empezado con un repentino cansancio. Cada vez le era más difícil levantarse por las mañanas. Solía despertarse cinco minutos antes de que se activara la alarma del despertador, pero de pronto le era indiferente que esta sonara durante un cuarto de hora. Comenzó a llegar tarde a impartir sus clases de Filosofía, algo que hasta hacía poco le hubiera parecido impensable. También dejó de asistir a las reuniones de docentes, diciéndose que no eran más que una pérdida de tiempo. A veces, durante las clases o por las noches, cuando intentaba prepararlas, apenas lograba mantenerse despierto.

No sabía si impartía de manera correcta sus cursos, pero, sin saber por qué, eso ya no le interesaba. En realidad, ya nada le interesaba. Su pensamiento se hizo más lento, las palabras correctas eran cada vez más esquivas y se veía obligado a hacer incómodas pausas al hablar.

Pasaba los fines de semana encerrado en su habitación, sin bañarse ni cambiarse, cuestionando su vida. A pesar de haber obtenido su doctorado en Filosofía y una cátedra en la misma universidad en que había estudiado, sentía que su existencia carecía de sentido.

Después llegaron los dolores de cabeza. Al principio, era un dolor ligero y transitorio que se presentaba por las mañanas al despertar; pero luego se hizo más constante y profundo. Los analgésicos no eran de mucha ayuda, así que había decidido aprender a vivir con él.

Se consolaba pensando que todo se debía a la presión del trabajo. Cada vez era más difícil mantener una cátedra en una universidad de prestigio. Debía escribir un libro dentro de los próximos dos años y apenas llevaba la mitad del prólogo. Eso podía explicar la ansiedad y tal vez la depresión, pero no la repentina torpeza en sus movimientos. Tropezaba con objetos imaginarios, los vasos y las tazas se le escapaban de las manos, como si no pudieran resistir el llamado del suelo, y vacilaba un poco antes de dar el siguiente paso al caminar. Esa era una de las sensaciones más extrañas: le parecía que al poner el pie no podría evitar perder el equilibrio. Una mañana en que el dolor de cabeza había sido particularmente intenso, sintió náuseas. Se llevó ambas manos al estómago y encogió el cuerpo. El vómito salió de manera violenta, casi como un proyectil. Luego todo comenzó a oscurecerse, las piernas le fallaron y lo último que pudo recordar fue el sonido de su cabeza al golpear el suelo.

Al día siguiente, más por inercia que por una genuina preocupación, fue al hospital. Había hecho una cita por teléfono con un médico general de apellido Clain. Pensaba que no haría más que corroborar sus suposiciones. Le prescribiría un par de semanas de vacaciones, algunos analgésicos más fuertes para su migraña, ahora estaba seguro de que se trataba de eso, y, posiblemente, después del reconocimiento general, le recetaría antibióticos para combatir una leve infección en el oído que le estaba causando sus problemas de equilibrio. El vómito no le preocupaba, ya que había descuidado sus hábitos alimenticios. Seguro que había sufrido una congestión debido a la hamburguesa doble con patatas que había comido la noche anterior.

Luego de describir sus síntomas sentado frente al escritorio del médico, este se acarició pensativamente el mentón. Lo que se dibujaba en el rostro del doctor Clain era un gesto atribulado y no la sonrisa bonachona que Jeff esperaba.

Cuando Jeff se abotonaba la camisa después del examen físico, el médico, que realizaba ciertos apuntes en una libreta, se acercó a él con la mirada baja.

–No sé cómo decírselo, señor Livingston –el médico hizo una pausa estudiada–. Creo que debería remitirlo a un especialista.

–¿A un especialista? ¿Qué clase de especialista?

–Un oncólogo.

–¿Intenta decirme que tengo algún tipo de cáncer?

–Eso sería demasiado apresurado y no quisiera alarmarlo, pero la sintomatología que usted describió corresponde con la fase inicial de un tumor cerebral. Ya sabe, los problemas de memoria, de atención y de lenguaje, los dolores de cabeza, el vértigo, las náuseas.

–Doctor, todo eso se debe al cansancio, a las presiones de mi empleo –dijo, con un tono apagado, como si quisiera convencerse primero a sí mismo para luego convencer al médico.

–Podría ser, señor Livingston, pero descubrí alteraciones en sus reflejos y lo más preocupante es que me pareció detectar una anormal dilatación de la pupila izquierda.

Jeff se quedó en silencio durante varios segundos.

–No comprendo –dijo finalmente.

–Todo eso solo puede ser ocasionado por el aumento de la presión intracraneal. El cráneo se encuentra lleno de tres elementos, tejido nervioso, sangre y líquido cefalorraquídeo –le dijo el médico, mientras le ilustraba sus explicaciones con un atlas anatómico–. Un tumor que aumenta la masa encefálica debe de crecer a expensas de los otros dos elementos. A medida que el volumen del tumor aumenta, el líquido cefalorraquídeo se ve forzado por el agujero occipital y por los agujeros ópticos, el espacio que rodea los nervios del ojo, produciendo la obstrucción del drenaje venoso desde las retinas, generalmente más del lado de la lesión.

Cuando su cerebro hubo digerido la reciente lección de medicina interna, Jeff se llevó las manos al rostro. La angustia había creado un vacío en su estómago y le había secado la boca.

–Deben de existir más exámenes –dijo, mojándose los labios con la punta de la lengua.

–Por supuesto –agregó el médico–. En este momento ordenaré que se le practique un encefalograma. Eso nos ayudará a despejar muchas dudas.

Momentos después, el doctor Clain, junto a otro médico, revisaba la tira de papel ondulado que había salido del encefalógrafo.

Jeff casi podía paladear el miedo. Era difícil describirlo, solo podía decir que tenía un gusto amargo.

«Hay lentificación difusa en el encefalograma», escuchó Jeff que el doctor Clain le señalaba a su colega. No sabía qué podría significar, pero, por la expresión en los rostros de los médicos, supuso que no era nada bueno.

El doctor Clain avanzó despacio hacia Jeff. Llevaba las manos entrelazadas en la espalda y adelantaba preocupadamente el mentón.

–Supongo que no me trae muy buenas noticias –suspiró Jeff.

–Antes de eso, señor Livingston, me gustaría practicarle algunas radiografías. No podemos adelantarnos a los acontecimientos –concluyó, con una media sonrisa.

Jeff regresó al día siguiente y aguardó por los resultados en la sala de espera del consultorio del doctor Clain. Hojeó con descuido las revistas que encontró en una mesa junto al sofá. Luego, sin poder contenerse, hundió las manos en su cabello y pegó los codos a las rodillas. Se encontraba desconsolado. Una cosa es utilizar la idea del suicidio como un remedio para pasar una mala noche y otra muy distinta recibir una sentencia de muerte.

Tal vez su vida no era la más excitante y quizás no había aprovechado todas las oportunidades que se le habían presentado; pero era su vida y no estaba preparado para perderla. Haría cualquier cosa para conservarla.

–¿Estás seguro? –dijo alguien.

La voz sonó distante, por lo que Jeff miró en todas direcciones, sin lograr ubicar su procedencia. Enarcó una ceja, desconcertado, y luego resopló con una leve sonrisa, mientras meneaba la cabeza y se encogía de hombros.

«Lo que me faltaba –pensó–. Me estoy volviendo loco».

El doctor Clain lo llamó de pronto. Jeff entró a la oficina arrastrando los pies y con la cabeza pegada al pecho. Se dejó caer sobre la silla y se pasó una mano por la cara.

El doctor intentó sonreír, pero lo sombrío de su mirada hacía más evidente que su sonrisa era una de esas con las que nos dicen «lo siento», cuando lo que en realidad quisieran decirnos es: «me alegro de que esto te esté sucediendo a ti y no a mí».

–¿Y bien, doctor? –preguntó Jeff, sin la menor intención de conocer la respuesta.

–Señor Livingston –comenzó el médico–, quiero ser claro con usted. Las radiografías muestran indicios de calcificación en la masa encefálica. Esa es una señal clara de la presencia de un tumor. Se requieren más exámenes, ya que es necesario determinar o descartar la existencia de carcinoma metastásico.

–¿A qué se refiere? –preguntó Jeff, mientras se estrujaba las manos.

–A la propagación del cáncer al resto de su organismo –precisó–. Por el momento le prescribiré ciertos medicamentos. Todavía no es el tratamiento, porque primero debemos identificar el tipo de tumor. Lo que deseo es aminorar los síntomas y evitar convulsiones.

–Entonces, doctor –dijo Jeff con un hilo de voz–,

será mejor que continuemos con los exámenes.

–Bien, señor Livingston, seguiremos con un nuevo encefalograma.

Cuando Jeff se levantó del sofá para seguir al doctor Clain, el recuerdo de la extraña voz ya había sido arrastrado por una oleada de desaliento.

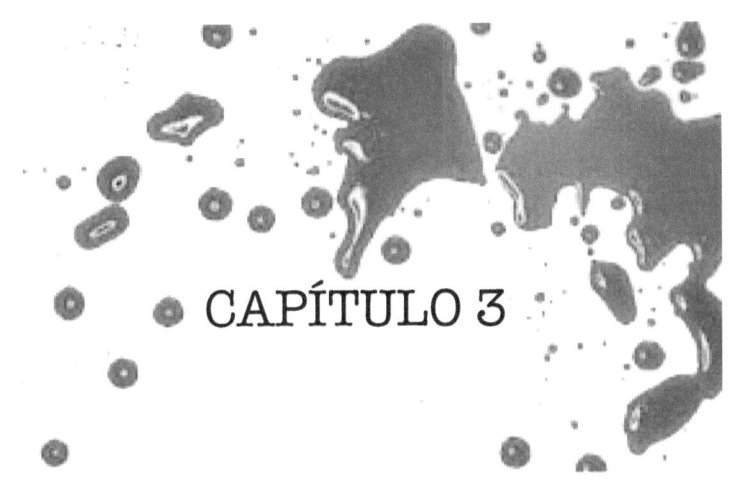

CAPÍTULO 3

Un par de semanas después, mientras Jeff luchaba contra el insomnio que dominaba sus noches, escuchó de nuevo la voz.

–¿Todavía estás dispuesto a hacer cualquier cosa para seguir con vida?

–¿Quién habla? –preguntó Jeff, sentándose en la cama.

–No me busques, no vas a encontrarme.

–¿Dónde estás? –continuó preguntando Jeff, mientras caminaba hacia el interruptor de la luz.

–Aquí, dentro de tu cabeza.

–¿Qué es esto? ¿Una broma? –quiso saber, revisando las paredes y el techo en busca de micrófonos o cámaras ocultas.

–No es ninguna broma –aseguró la voz.

Jeff suspiró, como si meditara sobre la conveniencia de formular la siguiente pregunta.

–¿Qué es lo que quieres?

–Solo ayudarte. Mi único deseo es que sigas con vida.

Jeff se sentó en el borde de la cama y agitó la cabeza. Los médicos no le previnieron sobre posibles alucinaciones a causa de los medicamentos. Se dirigió al baño y se lavó la cara con agua fría. Tal vez eso terminaría de aclararle los pensamientos.

–¿Ya te refrescaste? –preguntó la voz, adoptando un tono divertido.

La voz se escuchó tan clara que Jeff no pudo evitar retroceder dando un salto.

–Espero que ya te hayas dado cuenta de que no soy el producto de tu imaginación, ni el efecto secundario de un medicamento. Te repito que solamente deseo ayudarte. Pero primero tú debes hacer algo por mí.

–¿Qué quieres que haga? –preguntó Jeff con desconfianza.

La voz quedó en silencio, antes de contestar:

–Que no continúes con tu tratamiento.

–No puedo hacer eso –replicó Jeff, meneando la cabeza–. Es la única posibilidad que tengo de salvarme.

–Entonces sigue con tus exámenes, tus inyecciones y con todas esas pastillas que debes tomar –dijo la voz sin disimular su desprecio-. Me encanta verte vomitando casi todo lo que comes y limpiándote las lágrimas cuando ya no resistes el dolor. Y hablando de dolor, tengo entendido que tienes programada una punción lumbar. No sé, pero creo que eso es algo doloroso.

Jeff se frotó las sienes con las puntas de los dedos. Era una completa locura, no podría seguirle el juego a una alucinación. Debía controlarse, regresar a la cama y olvidarlo todo. Seguramente era una imagen ridícula verlo hablando solo y, sin embargo, haciendo eso a un lado, la voz le ofrecía una esperanza, allí donde los médicos se la habían negado. Nueve meses, eso era lo que pronosticaban que le quedaba de vida. Nueve meses marcados por el sufrimiento y la incertidumbre. Habían identificado el tumor como un astrocitoma. Ya estaba fusionándose con su cerebro y comenzarían a tratarlo con radiación, sin descartar una posible operación. Había investigado las fases finales de la enfermedad y el cuadro no era nada halagüeño: parálisis de un lado de su cuerpo, paro respiratorio, coma y, luego, tal vez como una redención, la muerte. Era posible que fuera un error y lo único que estaba a punto de hacer era entregarle en bandeja de plata su cordura a la esquizofrenia, pero qué podría perder; en este punto cualquier cosa podría ser una ganancia.

–¿Qué me propones? –preguntó, sin dejar de sentirse incómodo al hablar con alguien a quien no miraba.

–Lo primero es que no regreses al hospital –respondió la voz con satisfacción–. Imagino que intentarán localizarte. Así que diles que deseas una segunda opinión. Inventa un viaje fuera de la ciudad, puedes buscar el nombre de algunos hospitales en la guía telefónica.

–¿Después qué haremos?

–Después, mi amigo, empezarás a vivir de verdad.

CAPÍTULO 4

Jeff abandonó su terapia un lunes. Para el viernes, los dolores de cabeza y los mareos habían desaparecido por completo. De haber sido un tipo religioso, habría quedado convencido de que la gracia divina lo había alcanzado y, aunque quizás no habría dedicado el resto de su vida a predicar las buenas nuevas por el mundo, por lo menos habría buscado acercarse más a una iglesia.

La voz, luego de jactarse durante varios minutos de su aparente poder, le dijo que había llegado para quedarse y que su recuperación solo era el comienzo. Muy pronto, y esa sería la mejor parte, dejaría de llevar una existencia aburrida.

Ya no tendría que arrepentirse por las cosas que no había hecho. Se acabarían las noches imaginando qué habría sucedido después del primer beso, que nunca tuvo el valor de darle, a una de sus compañeras de clase durante la secundaria. Ya no habría más tardes solitarias, reescribiendo su propia vida a partir de las variables generadas por todas las oportunidades que había dejado pasar. Eso era lo peor, le repetía la voz, porque cuando haces algo, solo tienes que afrontar una única consecuencia, pero cuando no haces algo, te condenas a ti mismo a preguntarte, por el resto de tus días, cuál, de todas las posibles consecuencias, se habría producido.

No podía negar que la voz tenía razón. Los sueños, sin importar lo placenteros que sean, no podrán nunca superar la satisfacción de poseer un auténtico recuerdo.

De pronto, Jeff tuvo una duda.

–Dime una cosa, ¿cómo debo llamarte? ¿Tienes un nombre?

–Friedrich –respondió la voz–. Ese es el nombre que me gusta.

Jeff se quedó callado por un momento. Intentaba comprender la razón por la cual la voz había elegido aquel nombre. Finalmente creyó encontrar la respuesta.

–¿Como Nietzsche? –preguntó, casi seguro de haber acertado.

–Exactamente –le respondió la voz–, pero como nosotros somos amigos, puedes llamarme Fred.

Días después, luego de una larga discusión, Fred convenció a Jeff de que cambiara su corte de cabello y todo su guardarropa. Por supuesto que también tendría que deshacerse de las gruesas gafas con montura de carey y sustituirlas por unos convenientes lentes de contacto.

Ese mismo día, por la tarde, visitaron a un concesionario de vehículos y pagaron el depósito para un deportivo descapotable. Por la noche decidieron probar suerte en algún bar. Antes de salir del apartamento, Jeff se detuvo frente al espejo. No pudo evitar sonreír complacido; era innegable que Fred hubiera resultado ser un excelente consultor de imagen. Aunque, claro, siempre le quedaba un poco de remordimiento por haber adquirido de pronto tantas deudas; pero tal vez, dentro de unas horas, el sacrificio empezaría a rendir sus frutos.

Estaba nervioso al entrar al bar. Se sentía completamente fuera de lugar, rodeado de desconocidos y sin saber qué hacer. Le parecía que, de un momento a otro, todos se fijarían en él y comenzarían a preguntarse entre ellos quién demonios era ese tipo tan extraño.

«No seas paranoico –le había dicho Fred–, nadie se ha fijado en ti. Solamente ve a la barra y pide una cerveza».

Jeff obedeció a regañadientes y pidió la bebida.

«¿Ahora qué?», preguntó.

«Ahora a esperar –le respondió Fred–. Esto, como la pesca, es cuestión de paciencia. Si esperas el tiempo suficiente, tarde o temprano algo va a picar».

Después de un buen rato esperando infructuosamente a que la teoría de Fred demostrara su eficacia, Jeff se dijo que ya había tenido suficiente.

Estaba apoyando las palmas sobre la barra del mostrador, dispuesto a levantarse, cuando sintió que alguien lo llamaba con un ligero golpeteo sobre su hombro.

–¿Tienes fuego? –le preguntó una atractiva rubia, acercándose a su oído para hacerse escuchar.

Jeff estuvo a punto de decirle que no fumaba, pero recordó a tiempo que Fred le había recomendado llevar un encendedor.

«Ahora invítala a un trago», le sugirió Fred.

–¿Te puedo invitar a una copa? –preguntó Jeff, intentando imprimirle a su voz un tono realmente masculino.

Los segundos que precedieron a su respuesta le parecieron eternos. Seguramente le diría que su novio no tardaría mucho en llegar o que estaba acompañando a un grupo de amigas para celebrar el reciente ascenso de una de ellas. Eso si se dignaba a justificar su rechazo, porque de lo contrario se limitaría a decirle que no antes de darse la vuelta.

–Por supuesto –respondió ella finalmente.

Jeff sonrió, aliviado. Había superado la primera prueba. Ahora venía la parte más difícil: sostener una conversación que a ella le resultara interesante. En otras circunstancias habría roto el récord mundial en lograr que una mujer se aburriera. La conversación se habría reducido a un puñado de preguntas triviales, unos cuantos monosílabos y una buena cantidad de incómodos silencios. Afortunadamente, durante los días anteriores había contado con la asesoría de Fred. Dedicaron largas horas a estudiar docenas de ejemplares de la revista *Cosmopolitan*. Analizaron artículos tales como «Diez errores fatales durante la primera cita», «Diez señales para saber si es un caballero o un patán» y, por supuesto, «Conviértete en una detective sexual. Diez signos para adivinar cómo será en la cama».

Pero no se limitaron a la lectura, improvisaron diálogos y practicaron frente al espejo gestos y posturas, que enfatizaban el interés que sentía por la conversación de una interlocutora imaginaria.

Ahora, mientras los minutos volaban, se daba cuenta de que todo ese arduo trabajo no había sido en vano.

No pasó mucho tiempo antes de que ella le propusiera que continuaran charlando en su apartamento.

–Eres increíble –suspiró la rubia, todavía con la voz entrecortada.

Jeff sonrió y permaneció contemplando el techo, con los brazos cruzados tras la nuca. Había seguido las indicaciones de Fred y las lecciones de aquel artículo titulado «El punto G: más que un mito» al pie de la letra y seguro que no se arrepentía de ello. Se volvió hacia la mujer, quedó de costado y apoyó la mejilla en los nudillos. La contempló durante unos segundos, acariciándole los senos con la mano libre. No terminaba de creérselo. El antiguo ratón de biblioteca convertido en todo un casanova.

Estaba pensando en que podría quedarse toda la vida con una mujer así, cuando Fred le dijo que era tiempo de marcharse.

«¿Estás loco?», pensó Jeff.

«Estoy cansado –le contestó Fred, imitando el sonido de un bostezo–. Larguémonos antes de que a esta ninfómana se le ocurra pedir más y ni pienses que volveremos a verla. Es demasiado aburrida, lo único que sabe hacer es abrir las piernas. Además, esto se trataba solamente de una prueba, de conocer tus nuevas habilidades. –Fred hizo una pausa–.

Ahora que has descubierto tu potencial, no vas a decirme que te vas a conformar con la primera mujer que conquistas. Lo emocionante es conquistarlas, no quedarse con ellas».

De nuevo, Fred parecía tener la razón. Después de todo, es obvio que ningún alpinista escala el

Everest con la intención de quedarse a vivir en la cima. Lo escalan porque está allí y porque quieren demostrarse a sí mismos que pueden hacerlo. Cuando lo consiguen, simplemente piensan durante un buen rato en lo buena que está la vista desde allá arriba y comienzan el descenso, decidiendo, ya desde entonces, cuál será el próximo reto por superar.

Jeff cerró los ojos y dio un largo suspiro. Era hora de marcharse. Se inclinó hacia ella y le besó la frente. Luego, ante su mirada atónita, se vistió y se marchó sin despedirse.

CAPÍTULO 5

El sexo con desconocidas pronto aburrió a Fred, aparte de que lo consideraba arriesgado. «Uno no sabe lo que ha estado en la boquita que vas a besar –solía decirle–. En estos tiempos, la furcia puede resultar una sicópata o una ladrona. Lo que debemos hacer es encontrar una jovencita inocente, enamorarla y después abandonarla sin ninguna explicación. Eso sí sería divertido».

El plan era simple. En lugar de bares y discotecas, visitarían iglesias y bibliotecas. Por supuesto, las técnicas de acercamiento y seducción serían completamente diferentes.

En esta ocasión, sus víctimas no serían mujeres con una mentalidad liberada y que quizás, al igual que él, buscaban un poco de diversión sin compromisos y complicaciones. Ahora debían seducir a mujeres jóvenes, reprimidas por preceptos religiosos o que buscaran sepultar sus complejos bajo un alud de conocimientos.

Muy pronto, ambos eran unos verdaderos expertos. No necesitaban más que darle un par de vistazos a una posible candidata para determinar qué era lo que despreciaba de sí misma. A partir de eso, las puertas y, desde luego, las piernas empezaban a abrirse.

Claro que los resultados no eran inmediatos. Debían apegarse a un estricto esquema de regalos cursis, de malos poemas en los que la palabra recurrente fuera «amor» y de llamadas telefónicas en horas precisas para decirles que necesitaba escuchar su voz y para que ellas supieran que, a partir del día en que las conoció, se habían adueñado por completo de sus pensamientos.

Comenzaban la noche señalada con una cena romántica, durante la cual desarrollaban su rutina de suspiros y silencios estudiados. Jeff las tomaba de la mano y, mientras las miraba directamente a los ojos, les decía que nunca se había sentido tan feliz en su vida, tan completo y, sobre todo, tan lleno de paz. Y esa paz, continuaba, podía disfrutarla, porque finalmente había encontrado todo lo que buscaba. En ese instante les besaba la mano y de nuevo las miraba a los ojos, esbozando una tímida sonrisa.

Luego, irremediablemente, alcanzaban su objetivo.

Jeff siguió todos los consejos de Fred, a pesar de que

a veces lo asaltaban las dudas. Cada vez hacía más cosas desagradables y él nunca había deseado dañar a nadie. Más que nada se llenaba de remordimientos por lo que les hacían a esas pobres mujeres. A veces procuraba tranquilizar su conciencia diciéndose que en realidad les hacía un favor, que seguramente les estaba brindando la única posibilidad que tendrían de sentirse, al menos por unos días, deseables e importantes.

Después de todo, a él no lo habría afectado que, durante su juventud, una que otra mujer mayor se hubiera aprovechado de su inocencia, siempre y cuando el engaño terminara con una buena sesión de sexo.

Aunque, claro, sabía muy bien que con las mujeres no funcionaba igual. A pesar de querer negarlo, lo cierto era que debía haberles hecho mucho daño.

Por otro lado, su vida se había vuelto de lo más agradable. El sexo ya no pertenecía al reino de las fantasías. Si deseaba disfrutar de una mujer, ya no tenía que buscarla en un sitio de Internet o en los canales de televisión para adultos; bastaba con que saliera a la hora que se le antojara para encontrarla. Había tanta diversión disponible que incluso llegó a pensar que, en cualquier momento, su mano derecha podría reprocharle su abandono.

Sin embargo, a pesar de las fiestas y las mujeres, tenía la incómoda sensación de que Fred lo orillaría a hacer algo realmente malo.

–Son imaginaciones tuyas –le había contestado Fred el día que le comunicó sus interrogantes.

Jeff chasqueó la lengua varias veces para demostrar que no se encontraba satisfecho con esa respuesta. No por nada existe la frase de que no hay un almuerzo gratis.

–Fred, ¿qué ganas tú con esto? –le preguntó con desconfianza.

–Nada, solo tu felicidad y, claro, deseo realizar un experimento y convertirte en el primer superhombre. Quiero verte por encima de la moral. Me parece que es el mejor homenaje que puedo hacerle a mi ilustre tocayo.

Estaba claro que Fred no hablaría tan fácilmente. Jeff le restó importancia, pensando que tarde o temprano sabría la verdad.

–Bien –dijo Jeff–, suponiendo que lo de tu experimento sea cierto, todavía no sé si quiera hacerlo. No puedo olvidar las lágrimas de la última muchacha.

–No me vas a negar que fue divertido. Pasaste muy buenos ratos con ella.

–Me gustaría disculparme.

–Nada de eso. Ya es tiempo de que busquemos a otra. Tus recuerdos se están borrando.

Jeff, extrañado, frunció el ceño luego de escuchar esa última frase.

–¿Por qué les das tanta importancia a mis recuerdos? –preguntó, lleno de suspicacia.

Fred hizo un silencio incómodo, como si lo hubiesen pillado en algo.

–Es solo que me divierten –dijo finalmente–. Aparte de que es algo que podemos compartir juntos.

–No sé por qué no termino de creerte. Seguro que obtienes algo más.

–Bien, me descubriste. –Fred se rio–. Te lo explicaré. Después de todo hemos compartido tanto juntos que no creo que sea justo que existan secretos entre nosotros. –Fred adoptó de pronto una actitud doctrinal, como si se dispusiera a impartir un seminario–. Yo me alimento de tus pensamientos y emociones, bueno, tal vez no precisamente de ellos, sino de las hormonas que se liberan en el momento en que tu cerebro los produce. ¿Recuerdas que leímos un artículo sobre eso? Allí se mencionaban algunas: serotonina, dopamina, oxitocina. Mientras más intensos sean los pensamientos, mayor es la cantidad de hormonas que se originan. Ese es el beneficio que me proporciona tu cambio de actitud.

–Entonces –dijo Jeff, pensativo–, si en lugar de hacer las cosas simplemente las imaginara, se produciría el mismo efecto.

–Por supuesto que no. Tu cuerpo no reaccionaría igual.

–¿Y si probáramos con otro tipo de emociones? Mañana podríamos ir a un parque de atracciones. También podría inscribirme en un curso de paracaidismo.

–No seas infantil, cómo vas a preferir subirte a una montaña rusa que montar una golfa que esté realmente apetitosa. Y en cuanto al paracaidismo, sin importar la cantidad de hormonas que se generaran, considero que el riesgo es demasiado grande. No me serviría de nada una enorme provisión de alimentos si existe la posibilidad de que termines como papilla en caso de un accidente.

Jeff asintió. Era obvio que no podía rebatir los razonamientos de Fred. De todas formas, no había un verdadero motivo para preocuparse; si Fred quería forzarlo a hacer algo ilícito, lo único que tendría que hacer era negarse. Era él quien estaba en control de la situación.

–Está bien, me convenciste –accedió Jeff mientras se apretaba el tabique de la nariz–. Lo único que te pido es que nos olvidemos de las muchachas inocentes.

–Hecho.

–Bueno, adónde vamos esta noche.

–Me parece que ya llevamos demasiado tiempo conformándonos con lo que encontramos en la calle. Qué te parece si hoy comemos a la carta. Lo primero será llamar a una de esas agencias de acompañantes.

Llamaremos de un teléfono público, seguro que todavía podemos encontrar uno. No quiero que te anoten en alguna lista de pervertidos. Luego nos iremos a un motel. Te registrarás con un nombre falso y pagarás en efectivo.

–Suena divertido.

–Ya verás que sí.

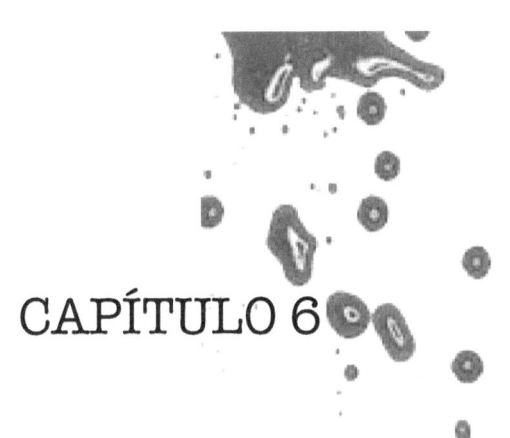

CAPÍTULO 6

Samantha resultó valer hasta el último centavo de lo que había cobrado. La agencia para la que trabajaba era una maravilla. Jeff había descrito sus preferencias y la fantasía que intentaba realizar y le habían recomendado a Samantha. Era esbelta, de pelo negro, con la piel blanca y suave y unos preciosos ojos azules. Era, además, bastante culta. La agencia le había informado que era una estudiante universitaria y que hablaba tres idiomas. Aunque lo que terminó de convencer a Jeff fue lo que la persona que lo atendió por teléfono describía como una natural disposición a experimentar.

Jeff miró su reloj. Todavía le quedaban veinte minutos y no estaba dispuesto a desperdiciarlos comprobando si en realidad Samantha dominaba otros idiomas.

Se pegó a su espalda y le besó la nuca y los hombros.

La sujetó de la cintura y la penetró de una sola vez. Samantha dejó escapar un ligero gemido e intentó separarse, pero él se abrazó a ella con más fuerza. Samantha relajó el cuerpo y comenzó a moverse al ritmo de las embestidas.

«Tómala del cuello», le aconsejó Fred.

Jeff puso su mano derecha alrededor del cuello de la mujer y comenzó a ejercer una ligera presión. Samantha gimió aún más y lo miró con los ojos entrecerrados, mientras se pasaba la lengua por los labios.

«Ves, te lo dije, a la perra parece gustarle. Apriétala un poco más».

Los dedos de Jeff se cerraron sobre la frágil garganta. Samantha abrió los ojos desmesuradamente y empezó a emitir sonidos guturales, mientras enterraba las uñas en el antebrazo de Jeff.

–Eso es, aprieta un poco más –le ordenó Fred.

–Creo que ya es suficiente –dijo Jeff, asustado.

–Yo decido cuándo es suficiente –le respondió Fred, claramente emocionado.

Jeff trató de retirar su mano, pero esta no le respondió; al contrario, siguió cerrándose hasta que se escuchó un crujido y Samantha dejó de moverse.

–¿Qué demonios hiciste? –preguntó Jeff, lanzándose fuera de la cama.

–¿Yo? –dijo Fred con sorna–. Si ni siquiera tengo manos.

–Tú me obligaste. Lo tenías todo planeado.

–No me digas que no lo disfrutaste, porque para mí fue algo sublime.

–Estás loco –dijo Jeff, mientras se dejaba caer al suelo.

–Claro que no, solo busco divertirme.

–Mataste a una mujer. Eso no es divertido, es un asesinato.

–Bueno, todo es cuestión de puntos de vista. Y baja la voz; pueden escucharte.

–Llamaré a la policía.

–No seas idiota. Si te entregas, pasarías una buena temporada en la cárcel.

–Pero yo no hice nada –gimoteó Jeff.

–Podrías repetirlo mil veces y nadie te creería. Todas las pruebas estarían en tu contra: las huellas, los fluidos, los restos de piel que tu amiguita tiene bajo sus uñas. Cualquier jurado no tardaría más de quince minutos en declararte culpable.

La respiración de Jeff comenzó a agitarse. Se puso de pie y caminó de un lado a otro con una mano en la cintura y la otra en la frente.

–No puedo ir a la cárcel –dijo, recordando todas

las escenas que había visto en el cine. La imagen de un tipo de dos metros de altura y cien kilos de peso resoplándole en la nuca fue suficiente para hacerlo reaccionar–. Tenemos que deshacernos del cuerpo.

–Ahora sí nos estamos entendiendo. Deja de lloriquear y vístela rápido. Tratarás de llevarla a rastras, como si estuviera borracha. Es posible que algún fisgón vea algo, aunque no creo que la gente venga hasta acá para espiar por las ventanas. Además, afuera todo está oscuro; pero, por si acaso, camina con la cabeza baja. Después la subirás al auto. Enciende la luz y revisa que no dejes nada que pueda incriminarte y consigue algo para que le escarbes las uñas.

Jeff condujo durante horas, hasta alejarse de la ciudad. Dejó la autopista y tomó una desviación sin pavimentar, adentrándose en una zona boscosa. Detuvo el auto y bajó el cuerpo. Lo arrastró varios metros y lo dejó caer en una hondonada.

–Mañana comprarás neumáticos nuevos –le indicó Fred–. Seguro que cuando encuentren el cuerpo vaciarán yeso sobre las huellas para hacer un molde. También te desharás de tus zapatos, lo único que averiguarán es el número que calzas.

–En la agencia de Samantha la reportarán como desaparecida. Supongo que se preocuparán si no tienen noticias de ella. Además, debe de tener amigas.

–Eso no les servirá de nada, recuerda que llamaste desde un teléfono público y siempre diste un nombre falso. No pueden relacionarte porque no saben quién eres.

–En el motel anotaron las placas del coche.

–Allí solo fuiste otro cliente. Dejaste todo bien limpio. Nadie sospecharía que sobre esa cama murió la pobre Samantha. Todas las mañanas recogen las sábanas para lavarlas; muy pronto, cualquier cabello o fibra que hubiera quedado estará viajando por el desagüe.

Cuando Jeff entró en su apartamento cerró la puerta y se quedó apoyado de espaldas contra ella. La culpa que lo embargaba se hizo más grande al darse cuenta de que jamás se había sentido tan vivo. Tenía el pulso acelerado y respiraba con dificultad. El sudor que le cubría la piel acentuaba sus músculos y tenía la mente más lúcida que nunca.

–Estuviste maravilloso –lo felicitó Fred–. Pero no creas que todo el mérito es tuyo. Fue un verdadero trabajo de equipo.

–Lo que hicimos fue algo terrible –dijo Jeff, regresando a la realidad.

–No lo veo así. Fue una muestra de audacia e ingenio. Deja de sentirte culpable, quizá le hicimos un favor.

–¿Un favor?

–Claro, seguro que no era feliz, no sonrió ni una sola vez. Ahora estará tranquila, sin ninguna preocupación.

–Eres un miserable.

–No solo yo, querido Jeff. Puedo ver tus pensamientos y sentir tus emociones. Tú también lo disfrutaste, aunque tu maldita moral te impida reconocerlo. No eres tan diferente a mí.

–¡Déjame en paz! –rugió Jeff y comenzó a estrellar la cabeza contra la pared.

–¡Hey! Más cuidado –le advirtió Fred–; no me agradan las sacudidas.

–¿Qué piensas hacer al respecto? –preguntó desafiante.

–¿Creíste que lo de tu mano fue coincidencia? –rio Fred–. Ahora controlo todo tu cuerpo. Solo esperaba la oportunidad adecuada para demostrártelo. Desde este momento, únicamente harás lo que yo quiera.

–Estás mintiendo.

–No me queda más remedio que darte una pequeña demostración.

En ese instante Jeff sintió un agudo dolor que le recorrió todo el cuerpo y cayó de rodillas, presa de terribles calambres. Era como si le estuvieran atravesando la carne con unos enormes garfios. De pronto, el dolor desapareció por completo, como si nunca hubiese existido.

–Creo que ahora ya sabes quién es el que manda.

Gruesas gotas de sudor se deslizaron por su rostro. Estaba a merced de Fred y no sabía qué otras cosas podría obligarlo a hacer.

–Ya las verás –dijo Fred, riendo–. Esto es solo el comienzo.

CAPÍTULO 7

Algunas noches después, Jeff recorría las calles vacías del centro de la ciudad.

Fred había desechado la idea de continuar llamando a los servicios de acompañantes por varias razones. En primer lugar, la mayoría de ellas estaban exigiendo el pago a través de tarjetas de crédito. Claro que en el Internet podían comprar los datos de alguna tarjeta robada, pero en ese caso les pedirían un documento de identificación con fotografía. Eso también podía solucionarse; sin embargo, implicaría los riesgos de adquirir una y, lo más peligroso, la agencia se quedaría con una fotografía. En segundo lugar, los gastos se estaban volviendo casi prohibitivos. De quinientos a mil dólares por una hora, más el costo de la habitación, no era lo que se pudiera llamar una inversión barata.

Jeff conducía una camioneta negra, que recién había

comprado en un local de autos usados. Avanzaba despacio, confiando en que eso atraería a las mujeres que aguardaban por sus clientes ocultas en las sombras. Llevaba una gorra de béisbol y unos lentes ahumados. Sabía que eso no levantaría sospechas en ellas; simplemente deducirían que se trataba de un hombre casado, que no quería verse descubierto mientras pagaba por un poco de entretenimiento.

Detuvo la camioneta en una esquina y casi de inmediato tres mujeres salieron de entre las sombras, moviendo cadenciosamente las caderas. Bajó el vidrio y llamó, con un movimiento de la mano, a la más joven, una rubia, que vestía una pequeña falda de cuero y una más pequeña blusa de color rojo.

La joven sonrió y se burló de las otras dos con un gesto obsceno. Caminó despacio adelantando el pecho y llevándose para atrás el largo cabello.

–¿Buscando un poco de diversión? –preguntó, apoyando los brazos en la ventanilla.

–Desde luego, preciosa –le contestó Jeff, mirándola con lujuria.

–Bien, entonces un poco de diversión te costará cincuenta dólares –le dijo ella enarcando tristemente las cejas–, pero si quieres mucha diversión –y se chupó el índice –serían cien dólares.

–Me parece bien –dijo Jeff, sonriendo y estirándose para abrir la portezuela.

La joven entró al auto y se sentó sin importarle que la falda se hubiera subido a la altura de sus caderas, permitiendo ver sus bragas de encaje negro.

–¿Entonces, cariño? –preguntó la joven, volteándose en su asiento y colocando la mano en la entrepierna de Jeff–. ¿Adónde me llevas?

–Todavía no lo sé... –y dejó el resto de la frase en el aire.

–Me llamo Jasmine.

–¿Es tu nombre verdadero?

–¿Acaso importa? –le respondió, encogiéndose de hombros–. Puedo tener el nombre que tú quieras.

–Jasmine es un nombre hermoso, casi tanto como tú –dijo Jeff, mirándola tiernamente y acariciándole una mejilla con la punta de los dedos.

–Por favor –dijo Jasmine, quien parecía haber vivido la escena un millón de veces–, no necesito que me enamores ni que empieces a preguntarme qué hace una chica como yo metida en este trabajo.

–No pensaba hacerlo. Solo me gusta apreciar las cosas bellas.

–En ese caso, gracias –bajó la mirada por unos segundos y luego suspiró y se acarició los muslos–. Volviendo a los negocios, será mejor que te pongas en marcha, ya está empezando a correr tu tiempo. A menos que quieras hacerlo aquí en el auto, me parece que tiene bastante espacio allí atrás.

–Eso mismo pensaba de ti –dijo Jeff, mirándola maliciosamente.

–Necesitarás cincuenta dólares más para averiguarlo –rio Jasmine.

Jeff arrancó el auto. Estaba seguro de que ninguna de las otras dos mujeres se tomaría la molestia de anotar el número de las placas. En ese momento toda su atención se centraba en escudriñar las calles, a la espera de otro cliente.

CAPÍTULO 8

Mientras se vestían en la habitación del motel, Jasmine se le acercó y, sin darle una oportunidad de reaccionar, le plantó un beso en la boca.

–Nunca había disfrutado tanto con un cliente.

–Nunca habías estado conmigo –dijo Jeff, enarcando una ceja y puliéndose las uñas en el pecho.

–Eres un engreído –dijo ella, apartándose e intentando parecer enfadada.

–Claro que no, solo me gusta ser sincero.

Fred disfrutaba complacido desde su refugio. Había descubierto que el ego de Jeff era una fuente inagotable de alimentos, sobre todo cuando asumía el papel de semental. La serotonina parecía fluir en cantidades industriales. Era extraño, pero parecía preferir los cumplidos de una mujerzuela a los elogios que uno de sus artículos podría recibir de sus colegas. Así que Fred se encargaba siempre de dirigir todos sus movimientos, al tiempo que mantenía el suministro de sangre y óxido nitroso con el que lograba una imponente erección que se mantenía por horas, a pesar de las constantes eyaculaciones. Eso constituía el mayor orgullo de Jeff, quien solía hacer toda clase de bromas y comentarios ante la mirada asombrada y codiciosa de las mujeres.

«Todo está aquí adentro –solía decirles golpeteándose la cabeza con un dedo–. Aunque, claro, con una mujer como tú al lado, cualquiera podría lograrlo».

Desgraciadamente, la serotonina era el equivalente mental de una sopa: no importaba cuánta ingiriera, muy pronto volvería a tener hambre. Necesitaba algo más sustancioso y lo necesitaba ahora.

«Jeff, ya es suficiente, acaba de una vez con esta puerca», le ordenó Fred.

«No pienso hacerlo», respondió Jeff mentalmente, frunciendo el ceño.

«Entonces tendré que obligarte».

Los brazos de Jeff se tensaron y sus manos se convirtieron en garras. Sintió cómo el rostro se le enrojecía.

–¿Te pasa algo? –le preguntó Jasmine, alarmada.

Quería decirle que corriera, que se alejara lo más rápido posible, pero Fred ya había tomado el control.

–No es nada –le contestó, llevándose una mano a la frente–. A veces sufro de migrañas.

–Debes cuidarte –le dijo Jasmine, acariciándole el cabello–. Quisiera pedirte un favor –añadió apenada.

–Dime.

–¿Podrías llevarme de regreso al centro de la ciudad?

–Desde luego.

Jeff sonrió débilmente. Lo más probable era que Fred lo induciría a orillarse en algún lugar del camino. No había matado a Jasmine en el motel porque tendría que repetir la escena de la acompañante ebria. Consideraba que era demasiado arriesgado seguir varias veces la misma rutina. Tarde o temprano, algo podría salir mal.

Mientras conducía, Jeff intentaba convencer a Fred. Le pedía que no lo hiciera, pero Fred estaba decidido y nada lo haría cambiar de parecer.

Jeff se aparcó en la carretera con la excusa de que tenía que orinar. Rodeó el auto y le pidió a Jasmine que bajara el vidrio.

–No me digas que necesitas ayuda –dijo, conteniendo la risa.

Jeff la tomó del cabello y la sacó por la ventanilla. La arrastró algunos metros, fuera del alcance de la vista de cualquier conductor que transitara a esas horas, luego la lanzó contra el suelo y comenzó a darle puntapiés. Jasmine intentaba protegerse la cabeza con las manos, suplicándole que se detuviera.

Jeff se abalanzó sobre ella, se sentó sobre su estómago y le sujetó las muñecas. Jasmine gimoteaba, sin atreverse a articular palabra.

–Perdóname –susurró Jeff mientras le golpeaba el rostro con el puño.

Las facciones de Jasmine iban desapareciendo lentamente entre la hinchazón y la sangre. Cuando el cansancio hizo que Jeff se detuviera, ella apenas respiraba.

«Descansa un poco –le aconsejó Fred–. En unos momentos continuaremos».

Jeff se incorporó despacio y se quedó algo encorvado, colocando las manos sobre las rodillas. Estaba jadeando y sentía que el corazón podía salírsele en cualquier momento por la boca.

–Larguémonos, no puedo más –suplicó.

–No podemos dejarla con vida –le señaló Fred.

Jeff dirigió la vista hacia Jasmine, señalándola con el índice.

–Mírala bien. No creo que sobreviva.

–Todo es posible –replicó Fred–. Recuerda a aquel tipo, el que apareció en el noticiero de las seis. Sobrevivió a once impactos de bala. –Fred hizo una pausa–. No podemos correr riesgos –dijo finalmente–. Lo mejor sería acabarla de una vez. Prueba aplastarle la cabeza con esa roca.

Jeff inmediatamente hizo un gesto de repulsión. Sabía que era inútil negarse, así que se inclinó y cargó la roca con ambas manos. Era bastante pesada, por lo que caminó con dificultad hacia donde estaba Jasmine. La alzó hasta donde sus fuerzas le permitieron y la dejó caer. El sonido que escuchó a continuación le hizo cerrar los ojos y voltear la cara.

Como temía, Fred le pidió que la levantara. La imagen que encontró era grotesca y repulsiva, incluso a la luz de la luna. El cráneo estaba partido a la mitad y en el medio quedaba un revoltijo de cabellos, huesos, dientes, sangre y masa cerebral.

Fred le pidió a Jeff que volviera al auto para recoger algunas cosas. Luego le aconsejó que la desnudara y colocara su ropa, junto con las joyas y el bolso, en una bolsa plástica. Únicamente se quedaría con su carné de identificación. El rostro, o lo que quedaba de él, estaba totalmente desfigurado, así que quizás nadie podría reconocer el cadáver. Pero, por si acaso, le pidió a Jeff que se inclinara a buscar los dientes. Casi todos se le habían saltado de raíz, y pensó que eso dificultaría una posible identificación a través de los archivos dentales. Después le dijo que destapara el frasco de combustible para barbacoas, que le había hecho comprar por la tarde. Le roció con él las manos y luego les prendió fuego en un intento de borrar sus huellas digitales. Sabía que era posible que la hubieran detenido varias veces por ejercer la prostitución, así que las comisarías tendrían impresas sus huellas.

–Si no saben quién es la víctima, jamás sabrán quién es el asesino –le dijo Fred.

Jeff se miró el dorso de las manos; tenía los nudillos lastimados por los golpes contra la boca de Jasmine.

–Tendrás que curarte en casa –le aconsejó Fred–. Asegúrate de desinfectar bien las heridas y de tomar antibióticos. Espero que eso sea suficiente para evitar complicaciones, porque me parece recordar que cuando las heridas se infectan con la saliva de otras personas se producen inflamaciones bastante desagradables. Si vamos a una clínica, de inmediato sabrán que te heriste quebrándole los dientes a alguien. Ahora vamos a casa; después pensaremos qué hacer con el contenido de esa bolsa.

Cuando se encontraba todavía bastante lejos de su apartamento, Jeff abandonó el auto. Fred le dijo que con dos asesinatos a cuestas nunca se era demasiado cuidadoso. Jeff se consoló pensando que lo había comprado por apenas mil dólares. Antes de bajarse limpió el volante, la palanca de cambios y la de emergencia, el tablero y los mandos de los vidrios eléctricos; después hizo lo mismo con la portezuela del lado del conductor.

Los autos abandonados eran bastante comunes, así que, después de unos cuantos días, la policía simplemente se limitaría a remolcarlo hasta un depósito. Luego, si nadie lo reclamaba, lo venderían en una subasta.

Caminó hasta un callejón y arrojó la bolsa plástica en un depósito de basura. Destapó el frasco de combustible y lo vació sobre la bolsa. Buscó en sus bolsillos y sacó el encendedor. Giró la ruedecilla dentada y por unos segundos contempló hipnotizado la pequeña flama. Lo dejó caer y se apartó justo cuando las llamas comenzaron a elevarse con violencia.

CAPÍTULO 9

Después de la muerte de Jasmine, Fred decidió que lo más conveniente sería visitar otra ciudad. Le sugirió a Jeff que pidiera sus vacaciones. Hacía bastante tiempo que no las tomaba, así que con toda seguridad dispondrían de varias semanas.

Al principio, Fred pensó que deberían robar un auto, pero Jeff carecía de habilidades manuales y él todavía no sabía cómo hacerlo. No quería cometer un vulgar robo quebrando una ventanilla, así que optaron por viajar en autobús. Cuando llegaran a la ciudad comprarían un auto usado y comenzarían de inmediato la cacería.

Fred reconocía que las prostitutas eran las víctimas más accesibles. Casi nadie las echaba de menos, estaban expuestas a toda clase de peligros y miraban en cada tipo, no a su verdugo, sino a un posible cliente. El problema era que las cosas fáciles no ejercían ningún atractivo para él. Por el momento, tendría que conformarse, ya que la urgencia de alimentarse era demasiado grande.

Durante el tiempo que permanecieron en la nueva ciudad, seis prostitutas abandonaron para siempre las calles.

Esta vez, Fred le dijo a Jeff que no les desfigurara la cara ni les tocara las puntas de los dedos.

Ahora estaba tan seguro de su meticulosidad al momento de borrar huellas que no le importó que las identificaran.

Los diarios publicaron las noticias en las primeras páginas. La brutalidad que habían empleado, y el hecho de que las víctimas fueran prostitutas proporcionaron a los periodistas los elementos necesarios para crear una buena historia. Se hablaba de un nuevo Jack el Destripador. Seguramente se trataba de un desquiciado que, ansioso de alcanzar reconocimiento, no encontraba un camino más fácil que imitar a un criminal famoso.

Fred hizo que Jeff rompiera los diarios. ¿Cómo se atrevían a comparar su obra con la de un loco? Además, él no copiaba a nadie. Había escogido prostitutas por razones prácticas.

–Se acabó –le dijo a Jeff–. Ya no volveremos a buscar perras callejeras, ahora buscaremos perritas falderas.

Jeff se estremeció. Comprendía que la próxima víctima podía ser cualquier mujer. La edad era un punto importante, ya que Fred, por cuestiones de estética, las prefería entre los veinte y los treinta y cinco años. El rango era bastante amplio y comprendía desde estudiantes hasta amas de casa. La imagen de un par de niños llorando ante la tumba de su madre lo entristeció.

–Vaya vaya –rio Fred al percibir esos sentimientos–. Me acabas de dar una gran idea. Por ahora descansa. Mañana regresaremos a casa. Me hacen falta las clases. Espero que el maestro sustituto haya hecho un buen trabajo.

CAPÍTULO 10

La mujer caminó hacia su auto abrazando las bolsas de las compras. Iba lo más rápido que podía, temiendo que las bolsas de papel se rompieran en cualquier momento. A medida que avanzaba repetía en su mente las letras y los números de su ubicación en el estacionamiento.

Esta vez tuvo suerte. Generalmente confundía los números con el precio de algún producto. Se detuvo junto a la portezuela y colocó las bolsas sobre el techo del auto, mientras buscaba las llaves en el bolso.

Debía apresurarse a llegar a casa. Esa noche, por primera vez desde la separación, su esposo llegaría a cenar. Le prepararía su plato favorito y, tal vez, con la ayuda de la tenue luz de las velas y una buena botella de vino, lograrían reconciliarse.

Sonrió y cerró los ojos. Sintió el impulso de adelantar

los labios, como si ya sintiera de nuevo los besos de su esposo.

Hoy sería su día de suerte. Estaba completamente segura de ello.

–No grites –dijo Jeff, al tiempo que colocaba el puñal contra sus costillas.

La mujer quedó paralizada por el terror. Parecía como si de pronto el interior de su cabeza se hubiera llenado de espuma.

–Llévese el bolso y las joyas –alcanzó a balbucear.

–No es lo que busco.

–Entonces llévese el auto –dijo, levantando el brazo y sosteniendo las llaves entre el índice y el pulgar.

–Será mejor que entres –dijo Jeff, aumentando la presión del puñal–. Yo conduciré.

Se detuvieron en la parte antigua de la ciudad. La calle se encontraba desierta. La única señal de movimiento era un oxidado rótulo de Coca-Cola, que rechinaba al ser empujado por el viento.

Jeff bajó del auto y abrió la portezuela del lado del pasajero. Ayudó a la mujer a salir. Durante el recorrido se había encargado de esposarla.

Caminaron por un callejón hasta llegar frente a una puerta cerrada con una cadena y un pesado candado. Anteriormente había sido un pequeño almacén, pero ahora se encontraba abandonado.

Jeff se había asegurado, durante semanas, de que nadie visitara el lugar. Cuando se sintió más confiado, cortó el candado original y lo cambió por uno que compró en una tienda de departamentos.

Había pasado los últimos días acondicionando el almacén.

Dejó que ella entrara primero. Tomó un mechón de su largo cabello y se lo enrolló en la mano para evitar que intentara correr.

Buscó el interruptor de la luz. Un bombillo que colgaba del techo iluminó débilmente el almacén. Exactamente debajo del bombillo se encontraba una gran mesa de trabajo. Jeff llevó a la mujer hasta la mesa y la obligó a acostarse en ella.

La mujer obedecía prácticamente sin oponer resistencia. Había dejado de sollozar e intentaba parecer serena. Lo habría logrado de no ser porque no conseguía controlar unos ligeros espasmos y no dejaba de morderse el labio. Quizás pensaba que su pasividad lograría despertar algún tipo de simpatía en su raptor. Creía recordar que, si el criminal la miraba como a una persona, sería más difícil que le hiciera daño.

Lo que no sabía era que quizás podía convencer a Jeff, pero no tenía ninguna posibilidad con Fred.

Jeff la inmovilizó encadenándola a las argollas que había atornillado en las esquinas de la mesa.

Comenzó por las piernas y luego le quitó las esposas para aprisionarle las muñecas. Se alejó algunos pasos y se cruzó de brazos para contemplarla. Era obvio que a pesar de sus esfuerzos se encontraba aterrorizada. Lo advertía en su mirada y en el aspecto húmedo y frío de su piel.

Jeff se sintió de pronto como el ser más despreciable. Quería liberarla y, más que nada, salvarla de Fred.

«Ni se te ocurra intentarlo», le advirtió Fred.

«No tenemos ningún derecho de hacerle esto», pensó Jeff.

«Claro que lo tenemos, somos superiores a ella. Te aseguro que nunca has tenido remordimientos por aplastar un insecto. Míralo desde esa perspectiva».

«Pero ella no es un insecto».

«Para mí lo es. Y deja de decir estupideces. Que comience la función».

Jeff se paró a su lado y la miró con tristeza. Sabía que ya nada podría salvarla.

Ella cerró los ojos y comenzó a llorar en silencio. Hacía unos momentos, la vida parecía volverle a sonreír. Ahora debía esforzarse por mantenerse viva.

–No me hagas daño –dijo entre gemidos.

–No depende de mí –dijo Jeff, queriendo disculparse.

–¿De quién entonces? –preguntó, buscando descubrir quién podría estar detrás de todo–. ¿Trabajas para alguien?

–Se podría decir que sí.

En ese momento, ella recordó que entre los motivos que originaban las peleas con su esposo estaba la adicción de este por el juego. Ambos evitaban tratar el tema hasta que, cada fin de mes, era imposible pagar todas las cuentas. Después de gritar, ella se dejaba caer en un sillón con la cara entre las manos. Él inclinaba la cabeza, avergonzado, y se pellizcaba el tabique de la nariz con el índice y el pulgar. Después extendía su mano, intentando formar una sonrisa.

Ella siempre cedía; no podía evitar perdonarlo. Él le juraba que podría superarlo; pero por lo visto no lo había logrado. Seguramente en estos meses sus deudas del juego se habían vuelto impagables y alguien intentaba darle una lección.

–No tengo mucho dinero, pero podríamos llegar a un acuerdo si me dejas ir. ¿Cuánto les debe mi esposo?

–No se trata de dinero. Es mucho más complicado que eso. Tampoco tiene nada que ver con tu esposo, ni siquiera lo conozco.

«Ya cállate –le espetó Fred–, no tienes por qué darle tantas explicaciones a esta zorra».

Jeff inclinó la cabeza y se pasó los dedos entre el cabello. Tal vez lo más conveniente era comenzar de una vez. Si no enfadaba mucho a Fred, era posible que la mujer al menos tuviera una muerte rápida.

«¿Qué quieres que haga?»

«Que te diviertas. Un poco de sexo no nos caería mal. Además, hacerlo con una mujer encadenada es una fantasía muy popular. Comienza por rasgarle la ropa con el cuchillo».

Jeff metió el cuchillo por debajo de la blusa. La tela cedió con facilidad. La mujer no tuvo tiempo más que para abrir desmesuradamente los ojos.

–No lo hagas –imploró, mientras Jeff le acariciaba los pezones por encima del sostén.

Jeff intentó no escucharla. En ese momento se encontraba en un dilema. En las ocasiones anteriores, Fred había controlado sus movimientos. Él se había limitado a ser una herramienta. Pero ahora Fred solamente le ordenaba lo que debía hacer. En ningún momento lo estaba forzando a actuar. No podía estar disfrutándolo. Él siempre se había considerado una víctima más. Era imposible, pero sentía que se estaba convirtiendo en un cómplice. Necesitaba justificarse, la culpa era lo único que lo diferenciaba de Fred.

–Me llamo Janeth Miller –alcanzó a decir la mujer, casi con un murmullo.

«Un placer conocerte», rio Fred. Luego hizo una pausa y produjo una especie de carraspeo mental. «Vamos, date prisa –continuó–, solo está tratando de que empieces a sentir lástima por ella. Además, no creas que no me he dado cuenta de que empiezas a disfrutarlo».

«Estás muy equivocado –gruñó Jeff–, yo únicamente hago lo que me obligas a hacer».

«Pero si yo no he movido un dedo. Hasta ahora, todo lo has hecho sin ayuda».

Jeff inclinó la cabeza y se pasó la lengua por los labios.

Sabía que Fred tenía toda la razón, pero no podía permitirse aceptarlo. Él era un hombre decente. Por Dios santo, era un maldito profesor universitario que enseñaba, entre otros temas, moral y ética. Y aquí se encontraba ahora, frente a un ama de casa semidesnuda, que miraba aterrorizada el cuchillo en su mano. Lo irónico de la escena estuvo a punto de hacerlo reír.

«¿Qué te sucede? –preguntó Fred burlonamente–. ¿Te asusta descubrir que no somos tan diferentes?».

–¡Yo no soy igual a ti! –gritó Jeff, lanzando con fuerza el cuchillo.

Janeth Miller lo miró con los ojos desorbitados y apenas logró contener un grito.

–Lo siento –se disculpó Jeff, haciendo con sus manos un ademán para que se tranquilizara–. No era a ti a quien le gritaba–. Hizo una pausa y se tamborileó con los dedos en la sien–. Es que..., no sé cómo explicarlo, vas a creer que no estoy muy bien de la cabeza.

Ella lo miró extrañada, sin saber qué decir.

–Hace rato que debes estar convencida de ello –rio, señalándola–. Te tengo esposada y hasta hace poco te amenazaba con un cuchillo –suspiró–. Solo quiero que sepas que no hago esto por mi voluntad.

Comenzó a pasearse al lado de la mesa, gesticulando con las manos, como si buscara las palabras adecuadas para explicarlo todo.

De pronto se detuvo y se inclinó hasta que le rozó el oído con sus labios.

–Hay alguien aquí –susurró– dentro de mi cabeza. Sé que no vas a creerme –dijo, aumentando el volumen de su voz a medida que se iba irguiendo–, pero es la verdad. No sé por qué te cuento estas cosas –hizo una pequeña pausa y frunció el ceño–. Es más, no sé por qué él me está permitiendo que te cuente esto.

La mujer permaneció inmóvil algunos segundos, con la boca entreabierta y casi sin parpadear. Luego comenzó a llorar descontroladamente.

«Te dejé que lo contaras para poder verle la cara –se burló Fred–. Ahora sí debe estar segura de que estás chalado».

Jeff dejó caer los brazos con frustración. Se sentía derrotado. Existen batallas que son imposibles de ganar y esta parecía ser una de ellas. Es imposible luchar contra alguien a quien no puedes ver, a quien no puedes tocar.

Aspiró profundamente y se inclinó a recoger el cuchillo. Le dio una rápida ojeada a su reloj. Quizás seguiría trabajando hasta bien entrada la madrugada.

CAPÍTULO 11

Jeff despertó al día siguiente con el cuerpo adolorido. Ahora sabía lo que debía sentir una piñata durante la celebración del Día del Niño en un barrio pobre del tercer mundo. Desmembrar un cuerpo no es tarea fácil. Se requiere un gran esfuerzo para reducirlo todo a porciones que posibiliten su transporte en bolsas pequeñas. Hubiera sido una bendición contar con una sierra de cadena, pero el ruido la descartaba como una opción viable. Todo debía hacerse en forma artesanal. Luego venía la limpieza del lugar. Es increíble cómo, con unos litros de sangre, se puede manchar hasta el último rincón de un almacén. Cerró de nuevo los ojos, sin decidirse todavía a salir de la cama. Las insistentes punzadas del hambre lograron que finalmente se levantara.

Consultó el reloj: las tres de la tarde. Todavía no se cumplían las veinticuatro horas que la policía exigía para declarar a una persona como desaparecida. Aunque ya la familia de la mujer debía haber contactado a las autoridades. Muy pronto comenzarían las investigaciones.

Sabía que era imposible que encontraran algún rastro que los llevara hasta él y mucho menos que descubrieran los restos de Janeth. Esto último era una suerte tanto para él como para los familiares de la mujer. No deseaba que algún forense demasiado dedicado a su trabajo lograra reconstruir sus últimas horas de vida. Él tampoco quería recordarlo, daría cualquier cosa por olvidarlo.

Fred había actuado, aunque resultara ridículo decirlo, como un auténtico poseso. Estaba seguro de que ni en la mente del más sádico comandante de un escuadrón de la muerte podrían haber surgido los tormentos que lo había obligado a ejecutar la noche anterior.

La tortura, para ser efectiva, no necesita de la tecnología o del refinamiento. Basta con una cuchara o un sacacorchos y mucha imaginación para que el dolor ocasionado resulte insoportable. Anoche lo había comprobado.

Cuando su cuerpo se negó a responder debido al cansancio, Fred había tomado las riendas. Actuaba con la misma desesperación de un perro al que, tras mantenerlo una semana sin comer, se le arroja un trozo de carne. Ahora que lo recordaba le parecía extraño. Fred había actuado con una crueldad inusitada, como si temiera que esa pudiera ser la última vez.

Jeff llegó a la cocina y abrió el refrigerador. No había mucho de donde escoger. Tomó un cartón de leche y una manzana. Eso le bastaría hasta que llegara a un restaurante. Fue hasta la sala y encendió el televisor. Nada de noticias; buscaría una película o un buen documental en los canales culturales. Mientras apuntaba el control remoto hacia la pantalla, pensó en algo. Ya llevaba un buen rato despierto y Fred no le había dirigido la palabra. Extrañado, frunció el ceño. Comenzó a llamarlo, primero en susurros esporádicos, pero al cabo de unos momentos ya estaba gritando su nombre. No lo hacía porque lo extrañase, sino porque, conociendo a Fred, ese silencio solo podía ser el preludio de algo terrible.

Decidió quedarse en casa y ordenar una pizza. No quería recibir en la calle la sorpresa que le tendría preparada Fred.

Se arrellanó en el sillón y barajó posibilidades. Podría tratarse de una especie de prueba. Quizás Fred solo quería saber si era capaz de entregarse a las autoridades o si tenía el valor de intentar el suicidio.

Se imaginó entrando a una comisaría, dispuesto a contarlo todo. En el momento en que se dispusiera a hablar, Fred entraría en acción. Probablemente lo obligaría a cantar o a ejecutar una rutina de baile o, peor aún, a predicar las buenas nuevas del Evangelio. Se sintió ofendido. Fred no podía creerlo tan estúpido.

En cuanto al suicidio, todavía no había tomado una decisión definitiva. Le preocupaba el aspecto estético de la muerte. No quería, bajo ningún punto, ser un cadáver repulsivo, mucho menos ridículo. Confiaba en ser un muerto digno. Saltar de un edificio estaba descartado. Ahorcarse tampoco era una opción; no quería terminar con la lengua de fuera y los pantalones sucios. Aunque esto último era casi inevitable, a no ser que un enema entrara dentro de la ecuación. Cortarse las venas dejaría un reguero de sangre, a menos que lo hiciera en la bañera, pero entonces su reputación podría volverse incierta; además, eso de una agonía lenta no iba con él. Lo más rápido y efectivo sería un balazo. Tendría que calcular muy bien la posición de la pistola en el cielo de la boca. Lo último que quería era quedar vivo y convertido en un vegetal. El arma, por supuesto, tendría que ser de un calibre pequeño para que no le desfigurara el rostro con los gases de la explosión ni produjera un orificio de salida demasiado grande. Parecía una buena opción. El problema es que no la tenía y sería complicado que, con esos pensamientos, Fred le permitiera comprar una.

Otra cosa importante, recordó, era avisarle a alguien antes del suicidio. De nada le serviría ser un muerto casi impecable si iban a descubrirlo una semana después, ya en un avanzado estado de descomposición.

De pronto hizo a un lado sus pensamientos y volvió a ver el reloj. La espera se estaba alargando demasiado. Ahora sí estaba convencido de que lo que Fred planeaba no iba a agradarle en lo absoluto.

Se levantó del sillón y caminó de un lado a otro con las manos en la espalda. La incertidumbre lo estaba volviendo loco, pero decidió no dejar que Fred se divirtiera otra vez a costillas suyas. Necesitaba distraerse en algo. Ya había agotado el tema del suicidio, así que fue hasta el librero. Leyó rápidamente los títulos en los lomos de los libros, sin que ninguno le atrajera lo suficiente para volverlo a leer. Tal vez ese era el problema: los había leído todos. Bueno, casi todos. Había unos tres de autoayuda que había recibido en los intercambios de regalos navideños durante las celebraciones en la Universidad. No se imaginaba cómo alguien podía suponer que él leería un libro que, desde la primera página, trataba de convencerlo de que él era lo más importante en el universo. No se deshacía de ellos porque iba contra sus principios arrojar un libro al cesto de la basura y no los regalaba porque, ¡qué diablos!, Fred podría haberlo obligado a convertirse en un asesino, pero para obsequiar uno de esos libros sí que se necesitaba albergar un odio extremo hacia la humanidad. Era preferible tenerlos allí, donde no pudieran hacerle daño a nadie.

Regresó frente al televisor. Dejaría que el tiempo pasara mientras saltaba de un canal a otro. Al hacerlo pensó en cómo era posible que, sin importar el día o la hora, cuando sintonizaba un canal de películas siempre estuviesen trasmitiendo el mismo filme y siempre acertara a ver la misma escena. Podían pasar años antes de que lograra sintonizarla desde el comienzo.

Esperó toda la tarde sin recibir una sola señal de Fred. Ya entrada la noche, decidió realizar una prueba. Tomó el teléfono y marcó el número de la policía. Seguro que eso lo haría aparecer. Escuchó la voz de la recepcionista y colgó apresuradamente. Pensativo, se frotó el mentón; ahora sí estaba desconcertado. Dio un respingo cuando el teléfono comenzó a timbrar. Tomó el tubo y, temeroso, se lo llevó al oído. Era la policía confirmando que todo se encontrara en orden. Jeff se aclaró la garganta e intentó que el timbre de su voz sonara firme. Justificó la llamada contando que había escuchado ruidos extraños en la ventana, pero que al encender la luz descubrió que se trataba del gato de la vecina preparándose para alguna cita en el tejado. Se disculpó, confirmando que todo estaba en orden.

Era demasiado extraño. Fred jamás le hubiera permitido hablar con la policía, ni siquiera hubiera podido marcar los tres dígitos necesarios.

Pasó la noche expectante, atento a cualquier sonido, a cualquier señal. Se preparó una buena cantidad de café. No sabía si Fred había decidido cambiar a última hora la violencia por el humor y lo haría caminar dormido para que despertara desnudo en medio de un parque o en la estación del metro. Decidió que lo mejor era quedarse bien despierto.

Resistió, viendo la televisión hasta las tres de la mañana. Podía luchar contra el sueño, pero era imposible vencer si el sueño se aliaba con infomerciales de pastillas para adelgazar o de cuchillos que pueden cortar latas de refresco congeladas.

CAPÍTULO 12

Despertó a las siete de la mañana. Una vejiga llena es más efectiva que el más moderno despertador. Cuando salió del baño llamó de nuevo a Fred. Otra vez nada, solo el silencio como respuesta.

Bueno, un día más que tendría que pasar encerrado en casa. Si se trataba de un concurso de resistencia, no sería tan fácil derrotarlo. Tal vez ese era el juego. Fred debía de estar haciéndose el importante, esperando a que le rogara para que le dirigiese otra vez la palabra.

Seguramente quería demostrarle lo aburrida y sin sentido que era su vida sin él. Si era así, pues que esperara sentado. Era ridículo que Fred creyera que su existencia sería un suplicio si no escuchaba una voz dentro de su cabeza, si no perdía por momentos el dominio de su cuerpo, si no cometía un crimen a intervalos más o menos regulares.

Jeff rio por la nariz y se encogió de hombros. Aprovecharía al máximo esos inesperados momentos de libertad.

Esa mañana, después de ducharse, salió a tomar un café. Se sentó a una de las mesas colocadas fuera del local, disfrutando del sol, intentando descifrar los pensamientos de la gente que cruzaba la calle. Cada uno de ellos debía ocultar un vergonzoso secreto y, seguramente, algunos de ellos habrían cometido algún acto terrible en un momento de sus vidas. Pero ninguno de ellos había sufrido lo mismo que él. Casi de inmediato, tuvo que justificarse a sí mismo dentro de su mente. No eran solamente las mujeres que murieron las que tenían el derecho a ser consideradas víctimas. Él también era una víctima. Había sido utilizado, había actuado en contra de su voluntad, violando sus principios, transgrediendo sus convicciones. Eso era importante, no debía olvidar quién era el culpable de todo. Por supuesto que no podía considerarse completamente inocente, pero quién lo era, quién podía arrojar la primera piedra. Nadie, sin duda.

Después de terminar su café, decidió caminar sin un rumbo fijo. Se sentía como un hombre que vuelve a ver las calles luego de cumplir una larga condena. Saber que en su mente solo estaban sus propios pensamientos era una sensación placentera. Ahora podía admirar a una mujer hermosa sin tener que escuchar a Fred preguntándose cómo se vería sin piel.

Entrecerró los ojos e hizo un gesto afirmativo con la cabeza. Debía tratarse de eso. Fred lo estaba dejando en libertad, por un par de días, para acentuar la angustia del cautiverio. Era como en aquel cuento donde permiten que el prisionero escape del calabozo y, cuando casi puede paladear la libertad, cae de nuevo en los brazos de sus raptores.

Era hora de desenmascararlo. Caminó hasta una comisaría, seguro de que Fred se vería forzado a romper su silencio. Subió los amplios peldaños, sin advertir ningún cambio. Se detuvo frente a la doble puerta de vidrio, dándole una oportunidad para recapacitar. Nada, ni una sola señal. Pasó bajo el detector de metales y se quedó de pie en medio de la recepción, sin saber qué hacer. No quería que alguien se le acercara a preguntarle si necesitaba ayuda. Seguramente se pondría nervioso e inventaría excusas que parecerían sospechosas. Tendría que actuar de inmediato. Entornar los ojos, silbar una tonadilla y balancearse sobre los talones solo funcionaba en los dibujos animados, así que adelantó los labios y miró en todas direcciones, como si buscara a una persona en especial. Le dio un rápido vistazo al reloj y, tras hacer un gesto de enfado, se dirigió hacia la puerta.

Al salir, se sintió más confundido que nunca. Se sentía como un niño que ha soltado la mano de su madre en medio de una plaza atestada de gente, sin saber qué rumbo tomar, sin saber a quién dirigirse para pedir ayuda.

CAPÍTULO 13

C asi sin que se diera cuenta, los días se convirtieron en semanas.

Aún tenía pesadillas y el sentimiento de culpa lo hacía encogerse de hombros, como si se aprestara a soportar una pesada carga. No era sencillo llevar tantas muertes en la conciencia. Era frecuente que se despertara en medio de la noche y luchara por reprimir los gritos de frustración y rabia que se le agolpaban en la garganta al pensar en cada una de ellas, al lamentar todas las oportunidades que les había quitado, todos los sueños que les había truncado.

Ya no podía justificarse a sí mismo con el argumento de que todo el tiempo había sido un instrumento en las manos de Fred. Había perdido esa excusa la noche del último crimen. Solo fueron unos instantes de debilidad, pero bastaron para que comprendiera que él también era capaz de hacer cosas terribles. Era de esperarse, reconoció con tristeza, llevaba tanto tiempo con un monstruo en su interior que, tarde o temprano, terminaría convirtiéndose en uno.

Fue un estúpido al creer en las promesas de Fred. Era innegable que, al principio, la oferta parecía tentadora: él haría lo que quisiera, cualquier cosa, y Fred se encargaría de reprimir los prejuicios y los remordimientos. «Es el mejor trato que podrían ofrecerte –le decía Fred, adoptando el hipnótico tono de voz de un vendedor de autos usados–. Así serías el primer hombre verdaderamente libre, sin más restricciones que tus propios deseos».

Había aceptado, motivado no solo por la oferta, sino por evadir la sentencia de muerte que pendía sobre su cabeza. Además, pensaba entonces ingenuamente, él no era una mala persona y jamás sería capaz de hacer algo que dañara a otro. Creyó que tendría siempre el control y, antes de que se diera cuenta, había terminado esclavizado por aquel maldito ser, que lo único que deseaba era atiborrarse de hormonas y neurotransmisores.

En ese momento, Jeff reparó en algo. A pesar de todo el tiempo en que estuvo escuchándole, nunca había logrado descubrir cuál era su verdadero origen.

Fred siempre evadía el tema o, en el mejor de los casos, le daba respuestas ambiguas.

Si hubiesen vivido durante la Edad Media, con toda seguridad, la inmensa mayoría habría coincidido en que se trataba de un demonio.

Pero, a pesar de la maldad de Fred, Jeff no podía creer que se tratara de un demonio. Era una explicación demasiado supersticiosa, aunque, claro, si lo pensaba bien, la existencia de un ser invisible que tenía el poder de obligarlo a hacer el mal tampoco estaba muy acorde con los dictados de la ciencia.

Así que de pronto se encontró con dos opciones: o encontraba una respuesta, al menos medianamente racional, para determinar la naturaleza de Fred o se evitaba las complicaciones y reconocía que estaba loco.

Decidió investigar primero la última opción. Fue hasta la computadora y tecleó «alucinaciones auditivas» en el motor de búsquedas de Internet. De inmediato, la pantalla se llenó de referencias a la esquizofrenia. Era un mal comienzo. Abrió la página de un centro de estudios siquiátricos y comenzó a leer.

Los síntomas característicos de la enfermedad eran delirios, alucinaciones auditivas, discurso desorganizado, es decir, frecuentes descarrilamientos o incoherencia y comportamiento catatónico o gravemente alterado.

Era cierto que, durante los días previos a la

detección del tumor cerebral había padecido de un inusual cansancio y, en ciertas ocasiones, presentó algunas dificultades para hablar, como si de repente las palabras lo evadieran.

Sin embargo, no recordaba haber sufrido de delirios ni manifestado un comportamiento catatónico y mucho menos desorganizado. Por el contrario, bajo las órdenes de Fred, se había vuelto quizás demasiado meticuloso. Y en cuanto a un discurso desorganizado, a partir de la aparición de Fred, impartía sus clases de Filosofía sin ningún contratiempo.

El único síntoma que parecía presentar eran las alucinaciones auditivas, así que concluyó que la esquizofrenia estaba, por los momentos, descartada.

Ahora se enfrentaba de nuevo al problema de encontrar una explicación al origen de Fred. La primera idea que se le vino a la mente fue la de que podía tratarse de un ser de otro planeta. Tal vez una especie de parásito intergaláctico que se instalaba en los cerebros humanos para asegurar su supervivencia. Se rio de sí mismo, diciéndose que había visto demasiadas películas de serie B durante su infancia.

Pero podía haber algo de razón en esa idea. Si quitaba los elementos de ciencia ficción y lo dejaba en una nueva forma de vida, en un parásito dotado de conciencia, de personalidad, la teoría podría tener algún sentido.

Cada día, alrededor del mundo, se descubren nuevas formas de vida, las cuales han logrado, a través de los siglos, evadir el contacto con los humanos. Por qué, entonces, no podría existir una especie desconocida que habitara dentro de nosotros.

Eso lo explicaría todo. Fred no era la cura para su enfermedad; sencillamente, era su enfermedad.

Ahora que tenía la oportunidad de recapitularlo todo, se daba cuenta de que la mejoría que había experimentado desde la aparición de Fred se debía, con toda seguridad, a una fuerte sugestión provocada por este.

Mientras él creía que se estaba recuperando, la enfermedad continuaba desarrollándose en su interior. Y quizás, en algún punto, había remitido por sí sola. La remisión espontánea del cáncer era bastante improbable, pero no imposible; existían varios casos, debidamente acreditados, que lo comprobaban.

Así que, al haber desaparecido la enfermedad, Fred se había marchado con ella.

La idea le parecía maravillosa, pero debía confirmarla.

Tomó la decisión de inmediato: al día siguiente visitaría un hospital.

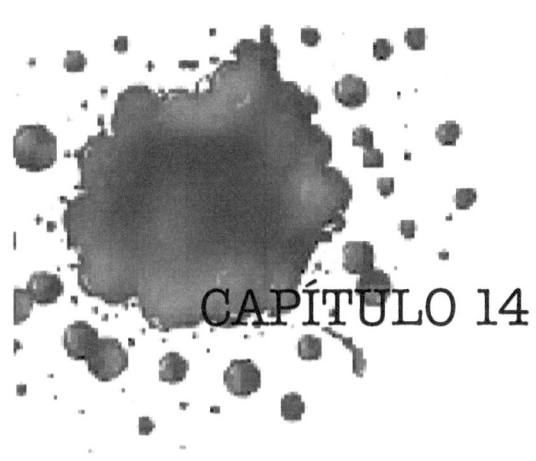

CAPÍTULO 14

La sonrisa apenas le cabía en el rostro. Después de tres días de pruebas y exámenes, los resultados eran concluyentes: estaba completamente sano.

No había mencionado el anterior diagnóstico ni el tratamiento inconcluso, ya que comenzarían a investigar su historial médico y sus antecedentes familiares y, una vez que lo hubiesen confirmado todo, su nombre aparecería en todas las revistas y tratados médicos de los próximos diez años. Prefirió callarse y dejar que lo tomaran por un hipocondriaco crónico.

Cuando llegó a casa se dejó caer sobre un sillón, cruzando los brazos tras la cabeza.

Ahora de nuevo podía tomar decisiones. Retomaría su vida en el punto en que se había quedado antes de la aparición de Fred. Sabía que esa era la salida más sencilla, que solamente estaba convirtiendo el tiempo que había pasado a merced de Fred en una pesadilla que era mejor olvidar.

Había elegido la ruta del olvido para no tener que asumir sus responsabilidades, para no ahondar en cuál había sido su verdadero papel.

De todas formas, se consoló, sería imposible determinar cuál era su porcentaje de participación en cada uno de los crímenes. Suponiendo que tras un análisis minucioso realizado por un equipo de siquiatras se lograra precisar que, en cada uno de los hechos, su participación era, en el peor de los escenarios, de un diez por ciento, y confiando en esos resultados tomara la decisión de presentarse ante las autoridades, de lo único que podría estar seguro era que ningún tribunal iba a juzgarlo basándose en cálculos o porcentajes. Sería ridículo esperar que fallaran condenándolo a recibir el diez por ciento de la inyección letal; si la sentencia le era desfavorable, ordenarían, simple y sencillamente, que fuera ejecutado.

Ya que nunca hablaría con nadie sobre lo ocurrido, únicamente quedaba una persona a quien convencer de su inocencia: a él mismo.

Sabía que iba a resultar una tarea difícil. Podía estar seguro de que las imágenes que se proyectaban en su mente al cerrar los ojos no se desvanecerían de un momento a otro, que los remordimientos no iban a dejar de oprimirle el pecho con solo chasquear los dedos, que no iba a dejar de escuchar los gritos que poblaban sus noches escondiendo la cabeza debajo de una almohada.

Claro que sería difícil, pero ahora que su enfermedad había desaparecido, contaba con una ventaja adicional: el tiempo.

Se encogió de hombros e hizo un gesto de resignación con los labios, no tenía más alternativa que dejar que el tiempo hiciera su trabajo.

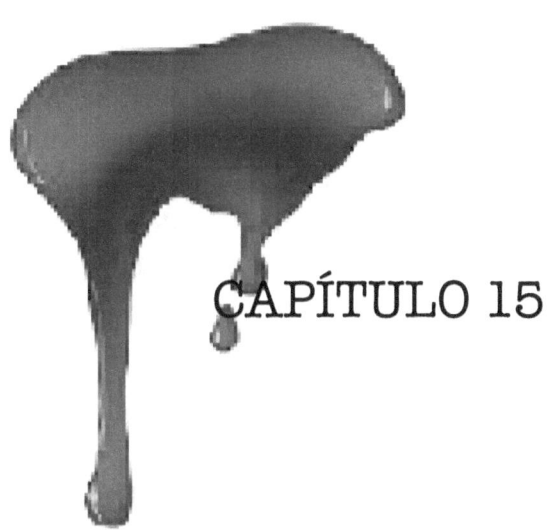

CAPÍTULO 15

Jeff subió el volumen de la radio del auto y tamborileó con la punta de los dedos sobre el volante. Tenía muchas razones para sentirse feliz.

Ya habían pasado más de tres meses desde la desaparición de Fred y desde entonces las cosas no hacían más que mejorar. Sus clases en la universidad eran sumamente populares, lo que resultaba increíble, incluso para él mismo. No era nada sencillo que un grupo de jóvenes con las gónadas trabajando a su máxima capacidad dejaran, al menos por un par de horas, de interesarse en actividades reproductivas para adentrarse en el pensamiento de Hobbes o Locke.

El jefe del departamento estaba tan satisfecho con sus resultados que lo había propuesto para una reclasificación en la escala docente. Eso era en el aspecto académico, pero en el aspecto personal las cosas iban incluso mejor. Había superado en buena medida las secuelas sicológicas del paso de Fred por su vida. Debido a la imposibilidad de acudir a terapia, había ideado su propio programa, que había elaborado con la ayuda de varios textos de psicología. Muy en el fondo sabía que la autoterapia era una farsa, pero qué más daba, lo importante era que se convenciera a sí mismo de que todo estaba bien.

Pero por encima de cualquier éxito académico o laboral y más allá de las incontables noches que pasó repitiéndose a sí mismo que podía vencer el miedo y alcanzar la felicidad, lo que realmente había logrado devolverle la calma y darle un poco de esperanza era el hecho de que, por primera vez en muchos años, estaba de nuevo enamorado.

La vio por primera vez en el campus de la universidad. Cuando pasó frente a él, tuvo la impresión, motivada tal vez por un reciente festival de cine europeo, de que todo a su alrededor se tornaba en blanco y negro y solamente ella conservaba el color. No tuvo ninguna dificultad en seguirla con la mirada hasta que se perdió por completo entre los demás estudiantes que se apresuraban por llegar a sus salones de clases. Estaba seguro de que se trataba de una estudiante, quizás de posgrado, ya que no tendría más de veintidós o veintitrés años. Él tenía treinta y dos años, por lo cual la posible diferencia de edades no lo convertía en forma automática en un profesor Humbert.

Desde ese día le fue cada vez más difícil alejarla de su mente. Se apostaba cada mañana en el mismo lugar, consultando impaciente el reloj, aguardando expectante el momento en que ella cruzara de nuevo durante el cambio de clases. Cada noche se prometía a sí mismo que inventaría cualquier excusa para hablarle y pasaba horas caminando por la sala, mientras ensayaba guiones imaginarios en los que demostraba su ingenio y su encanto. Y cada vez, cuando la veía acercarse, era como si una mano invisible tirara de la cadena de un váter dentro de su cabeza, haciendo que las palabras desaparecieran en un torbellino que desembocaba en su estómago.

Seguramente, la escena se hubiera repetido más veces que *Ben-Hur* o *Rey de reyes* en la televisión pública, durante la Semana Santa, si ella no hubiera tomado la iniciativa dirigiéndose a él con paso decidido. No pudo hacer otra cosa que permanecer inmóvil, con la mente en blanco, mientras ella se acercaba.

–El doctor Livingston, supongo –le dijo ella, extendiéndole la mano y reprimiendo una risita.

Aunque había escuchado la misma broma cientos de veces, no pudo dejar de reírse.

–En efecto –le respondió finalmente–, pero asumo que su apellido no es Stanley.

–No, no lo es, mi apellido es Anderson.

–¿Y cuál sería tu nombre? –le preguntó con una media sonrisa.

–Qué le parecería si se lo dijese luego de que almorcemos juntos –le respondió, viéndolo directamente a los ojos.

Ambos quedaron de pronto callados, pero, como Jeff reconoció extrañado, no se trataba de un silencio incómodo en el que no se sabe qué decir, era simplemente ese instante en que las palabras se vuelven innecesarias y el silencio no es otra cosa que el preludio del primer beso. Los dos parpadearon al mismo tiempo como si regresaran juntos de un mismo sueño.

No lograba creerlo; al parecer ella también estaba sintiendo lo mismo. Quizás, después de todo, el amor a primera vista era algo más que una excusa para escribir malas canciones.

Ahora, Isabela lo esperaba en su apartamento. Estaban celebrando el segundo mes de su noviazgo y ella le había prometido una noche inolvidable. No lograba imaginarse lo que eso podía significar, ya que cada una de las ocasiones en que habían estado juntos le había resultado sorprendente. Ella parecía conocer su cuerpo mejor que él mismo. Sabía exactamente qué lugar debía estimular y si debía hacerlo con sus labios o con la punta de sus dedos. Él solo tenía que dejarse llevar y esperar el momento en que alcanzaran juntos el clímax.

Luego de hacer el amor no tenía que fingir que seguía interesándose en ella, ni tenía que luchar por no quedarse dormido, ni simular que la escuchaba, mientras su mente se encontraba muy lejos buscando un nuevo estéreo para el auto o a punto de quitarle la ropa a otra mujer. No tenía que hacer ningún esfuerzo porque realmente se interesaba en ella, realmente sentía la necesidad de abrazarla y besarla y apenas lograba contener los deseos de repetirle una y mil veces lo feliz que lo hacía.

Alguien había comparado el matrimonio con una larga conversación y había planteado la necesidad de preguntarse si creíamos poder conversar con esa mujer hasta la vejez, pues la mayor parte de la vida común está dedicada a la conversación. Jeff estaba seguro de que incluso una vida no sería suficiente para terminar de conversar con ella. Las palabras fluían durante horas, complementándose, entrelazándose, hasta que eran interrumpidas momentáneamente por el deseo incontenible de unir sus cuerpos.

Hasta la palabra matrimonio había dejado de producirle escalofríos o el supersticioso impulso de tocar madera, para transformarse en algo que se planteaba seriamente. Quizás esa noche encontrara el valor suficiente para dirigir la plática hacia ese tema.

Tocó el timbre y mientras esperaba que abriera la puerta se alisó la camisa con las manos y se limpió la punta de los zapatos con las perneras del pantalón.

Ella le había ofrecido una copia de las llaves del apartamento, pero él se rehusó a aceptarla. Quería evitar que se produjera la ocasión de entrar cuando ella no estuviera presente. Sabía que de hacerlo no resistiría la tentación de registrar sus cosas. No lo haría con mala intención, sino motivado por el deseo de saber todo acerca de ella y de ser parte, al menos a través del contacto con los objetos que atesoraba, de ese pasado en el que él no tuvo participación alguna.

Cuando ella abrió la puerta, tuvo la sensación de que su memoria borraba todos sus recuerdos para brindarle la oportunidad de verla con la misma emoción de la primera vez.

–Te ves hermosa –alcanzó a decir antes de que ella acallara su voz con un beso.

Jeff cerró la puerta tras de sí y la acompañó a sentarse en un sillón. Sobre la mesa había dos copas llenas de vino.

–Feliz aniversario –dijo ella, alargándole una.

–Feliz aniversario –repitió él, mientras entrechocaban las copas.

CAPÍTULO 16

Jeff intentó abrir los ojos, pero la luz de las lámparas fue suficiente para obligarlo a cerrarlos inmediatamente.

Tenía un dolor de cabeza tan fuerte que le era casi imposible ordenar sus pensamientos en forma coherente. Su memoria se negaba a entregarle algo más que fragmentos de lo ocurrido durante la velada junto a Isabela.

Recordaba algunas palabras de lo que conversaron mientras cenaban y algunas imágenes confusas que terminaban de pronto, cuando ella le sirvió la última copa de vino.

Quiso frotarse los ojos con las manos, pero algo se lo impidió. Una señal de alarma le recorrió la espalda cuando descubrió que no conseguía separar los brazos de sus costados.

Abrió los ojos despacio, dejando que se acostumbraran a la luz. Levantó con esfuerzo la cabeza y vio a Isabela sentada al pie de la cama. Abrió la boca para preguntarle qué sucedía, pero algo en la forma en que lo miraba le impidió articular algún sonido.

–Espero que me hayas extrañado –dijo Isabela, impostando la voz.

Jeff sintió de pronto como si lo hubiesen empujado desde el borde de un precipicio. En ese preciso instante, las ataduras eran totalmente innecesarias; el miedo que anidó en su estómago habría sido suficiente para paralizarlo por completo.

–¿No vas a preguntarme siquiera cómo he estado? –le preguntó ella con una sonrisa maligna.

–Es imposible –alcanzó a balbucear Jeff, mientras le parecía que la boca se le llenaba de arena.

Isabela se puso de pie y comenzó a reír a carcajadas.

–Bien –dijo, enarcando las cejas y encogiéndose de hombros–. Ya veo que no habrá nada de «qué bueno que hayas regresado, Fred» o «me alegra que hayas pasado a visitarme». Aunque ya me lo esperaba –añadió, adelantando los labios para señalar sus ataduras–; por eso tuve que tomar mis precauciones.

–¿Cuándo regresaste? –le preguntó Jeff, haciendo un esfuerzo para que su voz no sonara entrecortada.

–Veamos –respondió, golpeándose la sien con la punta del índice–. Si la memoria no me falla, he estado en la ciudad desde hace exactamente dos meses.

–¿Dos meses? –preguntó Jeff, casi sin energías.

–Por supuesto. Has pasado todos estos días disfrutando de mi agradable compañía.

Jeff cerró los ojos ante la perspectiva que le ofrecía esa respuesta.

Fred hizo que Isabela meneara la cabeza, mientras chasqueaba la lengua, demostrando compasión.

–No me digas que no te resultó extraño que la adorable Isabela se fijara en ti –dijo, cruzándose de brazos–. Es cierto que no eres como Cuasimodo, pero tampoco eres un candidato para aparecer entre los cien más bellos de la revista *People*. Además, en algún momento debió parecerte sospechoso que compartieran tantos gustos o que conociera tanto sobre ti. Aunque se hubiera pasado un día completo buscándote en Google, no habría encontrado una sola coincidencia –hizo una pausa, encogiéndose de hombros y volteando las palmas hacia arriba–, vamos, si ni siquiera tienes una cuenta de Facebook.

Jeff quedó en silencio, mordiéndose los labios.

–Me lo imaginaba –rio Fred a través de Isabela–. Estabas tan enamorado que no pusiste atención a los detalles. Qué mal por ti y qué bien por mí, porque me he divertido de lo lindo.

–Siempre fuiste un bastardo –escupió Jeff.

–Así que un bastardo. La verdad es que nunca conocí a mi padre, por lo que no creo que pueda molestarme por tu comentario. Pero ese pequeño detalle no te faculta para que insultes a un dios.

Jeff sacudió la cabeza, parpadeando varias veces. Quizás los efectos del somnífero que le habían administrado seguían presentes.

–Creo que no escuché bien lo último que dijiste.

–Te decía que no debes mostrarte irrespetuoso con un dios.

Jeff sufrió un repentino ataque de risa.

–Cuando te marchaste –dijo, luego de recuperar el aliento–, leí sobre pacientes con tumores cerebrales que desarrollaban psicosis, pero nunca encontré nada acerca de un tumor que padeciera de psicosis. No hay duda, cada día se aprende algo nuevo.

–Puedes burlarte todo lo que quieras –Fred hizo una pausa estudiada–; tampoco necesito que me creas o que me entiendas. Te puede parecer la explicación de un teleevangelista, pero mi mente es demasiado grande para que pueda caber en una tan pequeña como la tuya.

–Con esa explicación tan lógica, no me va a quedar más remedio que creerte.

–No tienes ningún respeto por las deidades. En otra

época te estarían lapidando o empalando. Ahora mismo te estoy dando un ejemplo claro de mi poder. Tal vez no lo has notado, pero te estoy hablando a través de las cuerdas vocales de Isabela. Controlo por completo su sistema nervioso. Es más, en este momento he suprimido incluso su conciencia; es como si no existiera.

–Tengo entendido que eso se llama posesión diabólica –le explicó Jeff–. Estudié el tema mientras trataba de descubrir cuál era tu origen.

–Cada vez me convenzo más de que eres un caso perdido –suspiró–. Estoy seguro de que te mueres de la curiosidad por saber cómo llegué a convertirme en lo que ahora soy.

–La verdad, no –dijo Jeff, cansadamente–, pero eso no importa; de todas formas vas a contarlo.

Mientras Fred se preparaba para iniciar su historia, Isabela entornó los ojos, como si buscara una fecha precisa en su memoria.

–Todo ocurrió el día que Janeth abandonó este mundo –Fred calló unos segundos–. La recuerdas, ¿verdad?

Jeff se mordió el labio y cerró los ojos con fuerza, como si hubiese recibido un golpe en el estómago.

–Bien, por lo que veo la recuerdas –siguió Fred con un timbre de satisfacción en la voz–. Esa noche, mientras destrozábamos su cuerpo, sentí como si algo intentara arrastrarme. Intenté resistirme, sujetarme de alguna forma, hasta que finalmente tuve la sensación de que era absorbido por una especie de tornado. Por un momento pensé que todo había terminado para mí. Cuando las sensaciones se desvanecieron, me encontré en un lugar totalmente oscuro y vacío, para explicártelo con términos un poco esotéricos, algo así como un punto intermedio entre dos planos existenciales. Te juro que esperaba escuchar de un momento a otro el tema musical de *La dimensión desconocida*. No podría precisar cuánto tiempo estuve allí, ni si me mantuve quieto o en movimiento. Comenzaba a resignarme, cuando, sin previo aviso, la sensación de vacío regresó y me encontré de pronto en este mundo, solo que a cientos de millas de aquí. Al principio permanecí inmóvil, pero cuando pensé en moverme comencé a viajar por el aire. Estaba decidido a seguir así, volando, sin sentirme confinado a un espacio limitado, hasta que el hambre me detuvo. No sabía qué hacer, no tenía un cuerpo que produjera hormonas para alimentarme. Llegué hasta un callejón apartado y descubrí a dos pordioseros que dormitaban sobre unos cartones. No sabía si sería capaz de hacerlo, pero decidí entrar en la mente de uno de ellos. Lo logré, sin ningún esfuerzo, y de inmediato tomé el control. El resto ya debes imaginártelo. Hice que golpeara a su compañero con un tubo de metal y cuando terminó de destrozarle la cabeza, se me ocurrió probar algo nuevo. Lo llevé hasta la calle y lo hice saltar frente a un auto. No podría explicar el sabor de su miedo en el instante previo al impacto o el del dolor de su agonía mientras su cuerpo se estremecía por los espasmos. Salí de él hasta que se extinguió su vida. A partir de entonces, disfruté cada día de un banquete diferente al tiempo que me convencía de mi verdadera condición, es decir, de mi naturaleza divina.

Fred se detuvo un momento, mientras Isabela abría desmesuradamente los ojos, como si acabase de recibir una importante revelación.

–Comprendí que todas aquellas muertes eran en realidad sacrificios en mi honor –añadió–. Cada una de esas personas entregaba su vida para que yo pudiera existir.

–No es cierto que entregaran su vida –refutó Jeff, enfadado–. Tú se las arrebatabas. Solo eres un maldito parásito –continuó, mirándolo con desprecio–. No olvides que yo sé que comenzaste como un tumor, como un puñado de células defectuosas.

Isabela dio un largo suspiro y se paró al lado de Jeff.

–No voy a negar mi origen humilde –dijo Fred con calma–. Por si no lo sabías, es una de las características de todas las deidades. Así que es posible que, al principio, como dices, no fuera más que células, pero lo que importa es que evolucioné y me convertí en algo mejor, en un ser superior. Me despojé de mis ataduras físicas y me transformé en energía pura, en la voluntad del poder. Mientras tanto, tú sigues igual, sin ninguna esperanza de mejorar. Lamento decírtelo, pero si siguiéramos juntos, en esta etapa el tumor serías tú.

Isabela se acercó hasta la cama y se inclinó hasta colocar su rostro frente al de Jeff.

–Sabes, nunca pude deshacerme de la impresión de que existía algo inconcluso –dijo Fred, con un evidente tono de amenaza–. Algo que debía finalizar.

El terror comenzó a dibujarse en el rostro de Jeff. No quería imaginarse qué sería eso que Fred deseaba finalizar.

–No es muy común que un dios se tome tantas molestias con un humano –continuó Fred–. Deberías sentirte honrado.

–Qué puedo decir –susurró Jeff–; te lo agradezco.

–Veo que se te agotó el sentido del humor. Es una pena –dijo, dándole unas palmaditas en la mejilla–, siempre me has resultado bastante divertido. Ahora –continuó, adoptando un tono de voz más solemne–, quiero explicarte algunas cosas. La existencia de un dios no se limita a esperar el siguiente sacrificio. Son muchas las tareas que debemos cumplir. Una de ellas es la de mantener el equilibrio, el balance en el universo. Hay una ley de la que nadie puede sustraerse y es que a cada acción le corresponde una reacción. Algunos lo llaman karma; otros, justicia divina. Pero de lo que siempre puedes estar seguro es de que la vida es una ramera y, sin importar si la hayas disfrutado o no, una vez que se agotó tu tiempo vas a tener que pagar. Durante este tiempo que he habitado dentro de Isabela, te he observado, aguardando a que aceptaras tu responsabilidad y tomaras la decisión correcta. Pero lo único que has hecho es continuar con tu vida, como si nada hubiese pasado. Has participado en demasiadas muertes y, lo quieras o no, ha llegado el momento de afrontar las consecuencias.

Jeff se quedó sin palabras. Por lo visto, Fred se consideraba a sí mismo una especie de vengador anónimo, algo así como un Charles Bronson sobrenatural.

–Realmente te has vuelto loco –le recriminó Jeff–; creí que era otra de tus bromas, pero te estás tomando en serio toda esa basura de que eres un dios. No te olvides de que tú me obligaste a hacerlo todo, tú controlaste mis movimientos.

–¿Y crees que eso es excusa suficiente para que no recibas un castigo? Son tus manos las que están manchadas de sangre.

–Quizás fueron mis manos –rebatió Jeff–, pero era tu voluntad la que las movía.

Fred aspiró profundamente, como si se preparara a explicarle a un niño las complejidades de un teorema matemático.

–Deja que te cuente una historia. Antes de venir a verte, estuve en la mente de un ministro religioso. Lo encontré en el estudio de su casa, absorto en la lectura de un libro. Cuando entré en su mente, vi que lo que leía era la Biblia. El pasaje que había escogido trataba sobre un profeta llamado Balaam. Este profeta fue llamado por un rey para que maldijera al pueblo de Israel. Consultó el asunto con Jehová y este le contestó que se levantara y se fuera con el rey. Así que Balaam, seguro de contar con la autorización divina, se levantó por la mañana, lo que, increíblemente, desató la ira de Jehová, quien envió a su ángel para que lo matara. Como ves, el hombre contaba con el permiso de Jehová, pero aun así iba a ser castigado. Estaba cumpliendo la voluntad de su dios y, sin embargo, lo iba a pagar con su vida. Así que, por si no lo has comprendido, la moraleja de la historia es muy sencilla: yo soy un dios y, por lo tanto, toda la culpa de lo malo que haga la puedo cargar en ti o en cualquier otro. Ah, claro, por si te interesa saberlo, por supuesto que el ministro religioso y algunos de sus feligreses están ahora en un mejor lugar. En cuanto a ti, de cierto, de cierto te digo que hoy estarás con ellos, tal vez no en el Paraíso, pero te aseguro que, adondequiera que vayas, será muy lejos de aquí.

–No lo hagas –gimoteó Jeff–, no lo hagas.

–Ten un poco de dignidad –dijo Fred, mientras Isabela cortaba un trozo de esparadrapo y le cubría la boca con él –. Acepta las cosas como un hombre.

Salió de la habitación y cuando regresó traía un enorme cuchillo en la mano.

–Tendrás que disculparme –dijo Fred–, pero voy a dejarte por unos momentos. Quizás más adelante vuelvas a escucharme, pero por ahora quiero que Isabela recobre la conciencia. Eso lo hará más entretenido. Tengo que admitir que fue un gusto conocerte, pero así son las cosas. Cuando un dios se relaciona con un mortal, este siempre termina muriendo.

De pronto, las facciones de Isabela sufrieron un cambio. Jeff pudo ver el desconcierto en su mirada y casi de inmediato el miedo. Era obvio que Fred le estaba hablando en ese momento. Recordó las veces que él había pasado por lo mismo, recibiendo instrucciones de los lugares en los cuales debería hundir la hoja del cuchillo, para luego hacerla girar con calma, sin prisas.

Isabela comenzó a llorar, primero en silencio y luego con fuertes gemidos que apenas lograba reprimir. Comenzó a acercarse, arrastrando los pies, como si luchara contra una fuerza de gravedad varias veces mayor. Se detuvo al lado de Jeff y le colocó la punta del cuchillo exactamente bajo uno de sus ojos.

–Lo siento –musitó–; sé que no vas a creerme, pero no soy yo quien quiere hacerte daño.

Jeff hubiera querido decirle que la comprendía, que sabía exactamente qué era lo que estaba sucediendo. Cerró los ojos, dejando escapar sus lágrimas. Sintió lástima por Isabela. Todavía estaban en su apartamento, por lo que supuso que a Fred no le interesaba lo que pudiera pasar con ella, una vez que dejara de utilizarla. Tal vez la obligaría a suicidarse o quizás, simplemente, permitiría que la policía la encontrara, cubierta de sangre y todavía con el cuchillo en la mano.

Pensó que todo era culpa suya, por haberse comportado siempre como un cobarde. Ahora ya era demasiado tarde. Al parecer, y a pesar de su locura, Fred tenía razón en algo: la vida era una ramera y, ahora, le tocaba pagar.

ÍNDICE

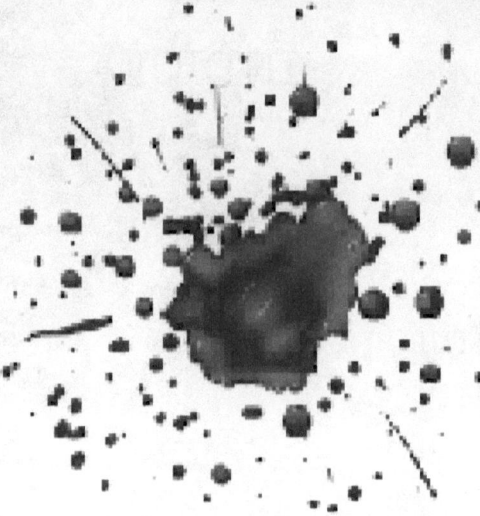

Impreso en Estados Unidos
para Casasola Editores

MMXXI